车前子 著

味言道

一书一世界

SobooK
沙发图书馆

藕 得
册页选一
纸本
2013

渡河

纸本

35cm×35cm

2014

别把萝卜不当菜
纸本
33cm×5.5cm
2013

白菜梦

纸本

34cm×34cm

2008

游离

纸本

34cm×34cm

2011

桃李丑核

纸本

35cm×35cm

2014

自 序

味道是只能体会而不能言说的，既然要写饮食文章，总得言说一点什么。

是什么呢？一言既出，驷马难追；一味既得，千言难道。味言道，味能言道，此话不虚；言却不能道味，此话也不虚。至于道能言道吗？我不知道。

如果前世积德，此时运气大好，我们不经意品到一款美味，其中的愉悦不下修成正果，还有什么好说！听老人讲古，说北京城有位戏迷，每每听完谭鑫培唱段，立马用棉花球把两耳堵住，匆匆回家，钻进被窝里慢慢享受一夜。真正的食客差不多也是这样，吃到佳肴，抿进双唇，捂着嘴巴退席，牙也不刷，像梦游似的。

饮食就是梦游，那么写所谓饮食文章，就是痴人说梦，说不尽的云山雾罩，不见味，也不见道，或许自有一段华丽的凄凉豹隐南山，也未可知，权作可知吧。

草草杯盘，昏昏灯火，你信不信？我一口吃出一幅北宋山水，够这辈子回忆的了。

是为序。

车前子

二〇一六年三月二十九日 夜 于起云楼

目 录

吃它一年 ...1

路 上 ...5

慈姑与鸡头米 ...10

咸菜雪菜 ...14

一只流淌着水红色的菱角 ...18

初 一 ...21

立 秋 ...25

中秋节的吃物 ...28

四季歌 ...32

木 奴 ...36

去吃一碗面 ...39

绿杨馄饨 ...42

大饼油条粢饭汤团面衣饼南瓜团子蟹壳黄等等 ...45

袜底酥格麦地蔬格绿油油的麦饼格 ...48

橘红糕海棠糕脂油糕黄松糕桂花白糖条糕
    薄荷糕蜂糕糖年糕水磨年糕扁豆糕 ...52

i

山芋的白吃甜吃与咸吃 ...55

开水淘饭 ...58

菜饭和炒饭 ...63

酒酿闲话 ...66

糖 ...69

热爱甜食的人 ...72

点 心 ...75

饸 饹 ...77

长板凳上吃藕粉 ...80

山西的面食 ...82

豆汁及其他 ...85

奶饽饽及其他 ...88

苦笋 ...91

薄荷小院 ...92

故乡的野菜 ...95

说白了 ...97

说 鸡 ...100

富贵衣,叫花鸡 ...103

河 豚 ...106

鲽鱼头 ...111

松鼠鳜鱼 ...114

长年有鱼 ...117

石榴虾 ...121

甜驴肉和梨 ...124

炸金砖 ...127

云想衣裳 ...130

泥沙俱下 ...133

玫瑰竹夫人 ...135

学问太大 ...138

博士请客 ...141

芥　末 ...144

落花生 ...147

山药书 ...150

名字与绰号 ...152

　圆顶建筑 ...155

莴　苣 ...158

莲藕记 ...161

花菜进城 ...163

冬酿酒 ...166

吃老酒 ...169

酒及其他 ...173

喝酒的境界 ...176

喝杨梅酒的青年 ...178

最可回忆 ...181

回忆年夜饭 ...184

吃的怪癖 ...187

万法归一 ...190

饭 局 ...194

一个人的末日 ...200

好 吃 ...203

青橄榄青木瓜青女子 ...209

凝 神 ...214

拦腰与摘抄 ...247

粮 食 ...250

吃扁豆的习惯 ...255

牙膏的来历 ...258

饼干故事 ...261

梅 饼 ...264

童年的经典 ...266

吃它一年

春天,吃它一年的开始,这开始绿油油,让人心旷神怡。只是太短暂了。

"杯盘草草灯火昏",如果讲时令的话,这个名句放在夏天似乎最为合适。这样想,大概与我在江南生活有关。江南之夏,到了吃夜饭时,人们纷纷抬桌搬凳,坐到弄堂里,边吃夜饭,边乘风凉。在坐下的地方洒些井水,不一会儿,路灯亮了。黄色的木头电线杆,灯火,也像这电线杆,是黄色的,昏昧的。凳子上坐着大人小人,桌子上杯盘草草,吃的菜大抵一样。

这时,人的口味变得清淡,谁家桌上出现一碗红烧肉,邻居会为他们的好胃口惊讶,背地里还要嘀咕,"不怕吃坏肚皮"之类的闲话。

不是说江南人一到夏天,就不开荤。咸鲞鱼炖蛋,饭桌上只要有这道菜,饭会多吃。这道菜色泽诱人,隔水炖时,鸡蛋是不打散的,蛋黄金煌,蛋白在鱼身霜凝雪结,看看也清凉。

老好婆们冬天里腌的咸鱼咸肉,这时,都拿出来。其实也吃得差不多了,因为在春天里就不时剁一块咸鱼,割一片咸肉。咸肉像是中药里的甘草,扑克牌里的百搭,而最好吃的,还是咸肉冬瓜汤,再放上些浙江天目山扁尖。咸肉肥瘦参半,冬瓜皮与瓤拾掇干净,尤其是靠瓤部分,发软发泡的一概削尽。

煮烂的冬瓜块盛在淘米箩里,沥水备用。

冬瓜还可烧虾米汤,这也是常吃的,习惯上叫"冬瓜虾米汤",不叫"虾米冬瓜汤"。而"咸肉冬瓜汤"一般不叫"冬瓜咸肉汤",食品之中也有排名先后问题。

除了咸鱼咸肉,也会吃些鲜肉,一般是炒肉丝。茭白炒肉丝,榨菜炒肉丝。也用肉丝烧汤,常吃的是肉丝榨菜蛋汤。

咸鸭蛋是此时佳品,吃的时候一剖二,或一剖四,如果拿起咸鸭蛋就往桌上一磕,老人们认为这很粗鲁。

六十年代,酱园店里有一种酱西瓜皮出售,已经断档三十年,记忆中是脆里带着韧劲。记得父亲避难城外,想吃的就是言桥头酱园店里的酱西瓜皮,曾托人捎了口信,他的姑母,也就是我的姑祖母,一手托着一玻璃瓶酱西瓜皮,一手牵我,去城外看他。

毛豆子炒萝卜干——吃吃毛豆子炒萝卜干,一个夏天过去了。

烤白薯也就在北京街头出现。饮食上的差异，是最让人惊讶的，且记忆深刻。前不久在国子监遇到位老者，和我闲聊，以为碰到南京人，就说起五十年前他在南京见到两样东西感到奇怪，一是南京的烧饼有长条的，二是把白薯切片，底下铺一层碎冰，当水果卖。他的奇怪在这个地方：烧饼应该是圆的，而白薯怎么能生吃！至今他脸上还是一副大惑不解的样子。

秋天吃糖炒栗子，一件美事。

秋天吃新橘，也是一件美事。

秋天的吃中，以吃螃蟹为最隆重之事。

吃螃蟹，还是一人独吃为佳，吃出个悠闲劲。其次，是两三个好友不紧不慢地吃着。

秋天，还有两样好东西：鸭梨与水萝卜。

冬天上饭店，是件苦差事。才吃暖的身子，回家路上热气就全跑了。

冬天是居家的日子，把婚姻生活中的美满发展到极致的日子，如果有婚姻的话。

说起冬天的吃，自然想到白菜。白菜好吃又好看，个头大，敦实，也憨厚，像蔬菜中的将军。

白菜好吃，白菜心尤其好吃，生吃，拌点鲜酱油、白糖，就羊肉汤，羊肉汤也更鲜美了。

"新聚丰"饭店，以一味家常菜闻名，即"白菜烂糊肉丝"，五六十年代的上海人，比现在擅吃，常坐早班火车赶到苏州，来吃这味家常菜，临走时还用备好的保温瓶再带上一瓶，到家尚热，正好孝敬父母。这是"新聚丰"大师傅告诉我的。

我在七十年代初期吃过"新聚丰"的"白菜烂糊肉丝"，那时，"新聚丰"已不做此菜，因请客的是吃客中的老法师，和店里熟悉，他们提前准备了。我父亲比较开通，他每有饭局，总带上我。"白菜烂糊肉丝"要一夜火候，专门有位师傅看守。那天吃到的辣白菜，也极让我回味。

现在饭店里"白菜烂糊肉丝"，说句不客气话，就是"白菜炒肉丝"而已。我后来吃到的，只有木渎"石家饭店"还像点样子。

"白菜烂糊肉丝"，在当时饭店菜单上，菜名是"白菜烂糊"，或"烂糊白菜"。

吃一款美味，是一次修行，一年过去了。

路　上

　　山珍海味，我也吃过一些，但没什么记忆。也就是说，不会去想它。想起的都是简简单单的食品，甚至还很刻骨。如果说"刻骨"这词太夸张，就说"画皮"。某个清晨，某个午夜，半梦半醒之间，会在头脑里突然上演起灯火烟花的皮影戏，这样，我就在路上了。简简单单的食品都是在路上吃到的，吃，也是一种旅行。

　　八十年代初期，我在长江中下游跑了个把月，随着运油船。船到益阳时，带我上船的朋友被公司急招回去，两条油船在重庆江面上相撞，烈火熊熊，出了英雄。我朋友是这家公司里的诗人，招他回去可歌可泣。我想与他同归，他说，来一趟不容易，跑完这个航程吧。他就把我托付给一位水手，年龄与我差不多，但很沉稳。写下"沉稳"，觉得不妥，船上人很忌讳"沉"这个字，虽然大多都是航运学校毕业的。到了益阳码头，朋友搭一艘快船回公司，水手就带我附近走走。先去看了一座石桥，桥板光滑圆润，石头发红了，像是琥珀。水手说这桥是唐朝的，我当然宁信其真，问他桥名，他不知道。我就暗暗给它起个名字——"茱萸桥"。不知道凭什么。可能是朋友走了，"遍插茱萸少一人"。茱萸桥下，流水湍急，我们就去爬不远处的土坡。爬上土坡，我脱口而出："黄泥冈。"黄泥冈上，风草迷离，阳光碎入草丛，仿佛一绿玻璃瓶的金沙。水手指着一株草，说："它的芯能吃。"尽管时令已过，见老了，但还是能吃。

"这是什么草？"我问。水手抬起头，望望天，慢慢悠悠地说道：

"我们老家，就叫它茅草。"

我们就一株一株地找，把茅草的顶端部分掐下。一个上午，才掐出一小把。不是茅草不多，而是大多数茅草芯硬如铁石。尚嫩的茅草芯，记忆里是奶黄色的。回到船上，只见水手用开水一焯，捞出后拌上白糖，就一个碗底。他说，咸吃更好，淋些酱油，滴点香油，什么时候到我老家，让我妈做给你吃。他的老家在什么地方，我已记不清了，一如茅草芯的味道。但茅草芯它留给我的独特口感，却还能想起。这口感就像童年的夏夜，抚摸着灯芯草。在我故乡，老人们用灯芯草给孩子做枕头芯子，以求其软。我在枕头上抠出个小洞，食指探进去，埋没在灯芯草里。灯芯草也是奶黄色的。

味道味道，味是道，既然是道，即使非常道，也有道得明的地方。而口感往往不可言传。相比之下,口感更显得玄妙。豆腐无味,吃的是口感;莼菜也无味,吃的也是口感。口感是水墨画里的笔墨。

有一年,我在兰州,还是西宁?黄昏漫步街头,刚下了场雨,小雨,雨点儿极像干的两头尖尖的枣核。街面宁静无尘,乌黑的,西天朵朵粉红。我见到一位穆斯林老先生,在卖羊肝。他身材高大,坐在小板凳上,面前,放张小矮桌。还有另一只虚席以待的小板凳。小矮桌上,清清爽爽,一盘羊肝,一袋细盐。羊肝白水煮的,看上去就很嫩,一尝,果然嫩。我先要了二两,很快吃完,又要了二两。穆斯林老先生能用一把并不锋利的水果刀,把羊肝切得薄如清风。蘸一点细盐,这是我吃过的最好的羊肝,吃得出淡淡绿意,和祁连山上的积雪。当时并不觉得,以后又吃过几回羊肝,方觉其美,也更赞同了这句话:饮食在民间。

我曾在符离集住过几天,想好好饱餐几回正宗正牌符离集烧鸡,总觉得都不如在火车上吃到的。车到符离集,农民们上车兜售,要一只烧鸡,开几瓶啤酒,跟着火车颠簸,颠颠簸簸一路颠簸到我要去的地方。在我看来,符离集烧鸡的美味,是被火车颠簸出来的。但颠簸得太厉害,就受不了。我从大连到上海,坐在餐厅里喝酒,一颠,左舷窗蓝了;一簸,右舷窗蓝了。刚开始我还觉得有趣,不一会儿就颠得咱头昏簸得俺脑胀,于是,只得一股脑全还给餐厅。我们遇到涌浪,也就是浪的成熟期(初生期是风浪,衰老期是拍岸浪）。但这一回还不算平生遇到的最大颠簸，最大的是在东北，我乘马车去田家屯。想学一会儿古人的潇洒，在集市上买一瓶酒，几包卤菜，才走几里地，颠簸得就让我受不了了。这是一个隐喻，在动荡的社会，哪可能安安稳稳喝酒？当代是太平盛世，只是山路崎岖，马车也只得颠簸了。而古人的潇洒就在这里，社会越动荡，他酒喝得越闲云野鹤。

　　我在长春九台田家屯住过两个多月，那里的腌韭菜花真好吃。中国传统书法墨迹里，我最爱杨凝式《韭花帖》，大概就与这一段经历有关。田家屯的韭菜花够咸的，也够鲜的，腌的时间不短，但记忆依旧翠绿。

　　陕北我转过一圈，西安去过几回，至今还让我馋涎欲滴的，是延安老曹家的油馍，西安南门外的甑糕。吃甑糕不用筷子，用一小竹片，极有"南朝人物晚唐诗"的意思。深夜伫立城墙下的桥头上，望得见身后大雁塔那个方向的元宵店的红灯笼。我冒雪去吃过元宵，不下雪还不去呢，雪中再飘点风，让我实足地附庸风雅了一番。不用去灞桥，就去元宵店。元宵品种近十种，我说每种来两个吧，老板娘笑笑，说："都让我一锅煮了。"真有点败兴。甑糕用竹片吃，老北京吃灌肠，也不用筷子，用竹签。甑糕之"甑"，不念"真"，念"进"，这一念，我觉得甑糕或许是大有来头的。甑糕的味道，现在想来有点狡黠。

这篇文章我是重写，兴味寡淡。我十分满意我的初稿，竟被电脑弄丢。明眼人看得出，我是越写越草草了事，因为自己的文章自己也只能进入一次。当初写韭菜花、油馍和甑糕极其工笔，想以"黄家富贵"的风格来描摹一下这简简单单食品，只是我命贱，即使能写出好文章，看来也留不住。俗话说民以食为天，哪知道天外有天。

慈姑与鸡头米

看到楼下雪地里抬出几根绿苗，不知香葱还是青蒜，我想吃慈姑了。看来我是把这几根绿苗当作青蒜的。清炒慈姑，加一撮青蒜，青蒜的浓香宽衣解带，进入慈姑半推半就的清苦生活之中，仿佛巫山云雨……这么写，真是无聊，意思不就是清炒慈姑好吃么。

北京买不到慈姑。我跑几个菜市场，小贩说：

"没听说过，你去卖菌类摊上看看。"

他们以为慈姑是蘑菇，情有可原。如果以为买慈姑就是想买一个姑娘，条件不低，还要慈祥——我把他们当人贩子，他们又把我当光棍汉——那就要大惊小怪了。以前抓到个菜贩子，卖菜只是业余爱好，他的专业是人贩子。

慈姑尽管不像茴香豆的"茴"有四种写法，也有两种写法。

另一种写法是"茨菰"。

不知会不会再发展出第三种写法，比如"持股"。

我查《辞海》（缩印本，1979年版）"茨菰"条，上记"即慈姑"，就三个字，光溜溜的，下面没有了。我总以为"慈姑"这一种写法只是一部分人的风雅之举，而从《辞海》来看，"慈姑"这一种写法似乎比"茨菰"更为通行。我找到"慈姑"条：

慈姑，泽泻科。多年生草本。叶柄粗而有棱，叶片戟形。花单性，花瓣白色，基部常绿色。八九月间自叶腋抽生匍匐茎，钻入泥中，先端1—4节膨大成球茎，即"慈姑"，呈圆或长圆形，上有肥大的顶芽，表面有几条环状节。

稍抄几句，以后也可拿给菜贩子看：
"知道吧，这就是慈姑。"
清炒慈姑好吃，慈姑烧肉也好吃。而我喜欢的还是米饭焖慈姑。饭熟慈姑熟，一只一只拔出来，上面粘着米粒，趁热略蘸绵白糖，吃来自有真趣。不蘸绵白糖，那是别有意趣。有时我会想，不蘸绵白糖的境界或许比蘸绵白糖的境界要高。但我还是要蘸绵白糖。美食无法无天，自以为是为上。

慈姑还有个偏方，专治咳嗽。把慈姑磨成浆，加糖油炒。母亲咳嗽久治不愈，这样地吃十几斤，好了。

江南食物，或者说苏州食物，我想慈姑还只能算第二，第一要数鸡头米。因为鸡头米口感之美，难以言传。鸡头米是一种淡到极致的末事。

她们坐在自家门口，兜售鸡头米。这是我在小镇看到的，差不多已成为旅游景点。为了招揽顾客，表示自己鸡头米新鲜，她们不无粗暴地用老虎钳夹着鸡头米外壳，鸡头米外壳是暗红色的。我想象不到鸡头米外壳竟会如此坚硬。她的手指冒起紫血泡来。

一旦夹开，它就洒脱孕孕珠丸。

鸡头米在清水中煮十余分钟，再下糯米小圆子，汤要不宽不紧，甜要不满不损，大有软硬兼施——瘦劲和丰腴的口感之妙，还是难以言传，全在似与不似之间矣。

我查《辞海》（缩印本，1979年版）"鸡头米"条，只有"鸡头"，没有"鸡头米"：

鸡头，1，植物名。即"芡"。2，山名（略）。

再查"芡"条：

芡，亦称"鸡头"。睡莲科。多年生水生草本，全株有刺。叶圆盾形，浮于水面。夏季开花，花单生，带紫色。浆果海绵质，顶端有宿存的萼片，全面密生锐刺。种子球形，黑色。分布于温带和亚热带，我国各地均产。种子称"芡实"或"鸡头米"。

鸡头，是指海绵质浆果，也就是整体形状、色泽像鸡头，它蕴含若干种子，种子球形，《辞海》上说是"黑色"，我看成"暗红色"，夹开后滚出的珠丸其实是胚。"鸡头米"的"米"，是对胚的描绘，因为"米"更像是个比喻——那壳内之肉干净清白的品质。

看完"芡"条，有些失落，像自己所爱的女子被别人抢去。"鸡头米"它"分布于温带和亚热带，我国各地均产"，原先我以为只有江南才有，或者说只有苏州才有。但我还是要说江南食物或者苏州食物第一依旧是鸡头米。吃东西要有氛围，要有环境，江南和苏州把吃鸡头米的氛围与环境曾经烘托得一尘不染。

咸菜雪菜

一到冬天,苏州家家户户腌咸菜,这倒也是一景。此乃老景。现在几乎看不到了。小巷逐渐消失,老苏州陆续搬进新公房,腌咸菜不便。

咸菜由这两种菜腌成:大青菜和雪里蕻。

买来的大青菜和雪里蕻摊挂竹竿上、竹节架上晾晒几天,使它们梗叶疲软,腌起来就不至于断碎。因为要用力踩的。

大青菜和雪里蕻这么晾晒几天后,再洗一洗,又摊挂到竹竿上、竹节架上沥水。沥一天半日的工夫,就可以放进咸菜缸里腌了。

苏州人家以前都有咸菜缸,平日放在客堂角落、天井角落,冬天派用场。

有年秋天,我在咸菜缸里发现一只蟋蟀,咸菜缸这么高,它是怎么跳进去的?

跳是跳不进的，蟋蟀是爬进去的。后来我才明白。

咸菜缸里铺一层大青菜或者雪里蕻，洒一层盐。盐是粗盐，亮晶晶，暗蓝色——粗盐散射着暗蓝色的光，伸缩小小的舌头。有的颗粒麻将骰子那般大，骨碌碌滚动。

这样的粗盐也已少见。

有把大青菜和雪里蕻混腌，也有单腌。腌的时候，人要爬进咸菜缸，用脚踩，踩实了才罢休。有穿着套鞋、球鞋踩的，也有光着脚丫踩的。老人说，童子光着脚丫踩，咸菜会香。光着脚丫踩，总是有点恶心。所以上了岁数的苏州人——一些老太，现在到市场里买咸菜，还总会忍不住地问一句：

"阿是赤脚踏的？"

"好婆阿，现在还有啥人赤脚，全穿鞋子哉。"

卖咸菜的乡下人照例这样回答。

一缸菜踩得结结实实后，压上块石头，盖上只竹匾，大事完结。

腌咸菜的压石，不是随随便便的石头，是老房子庭柱础石，像国子监收藏的石鼓。吴昌硕在苏州一住二十余年，石鼓文写得出类拔萃，有腌雪里蕻味道。

腌好的大青菜叫咸菜，腌好的雪里蕻叫雪菜。

有时也把雪菜叫咸菜，但从没把咸菜叫雪菜的。苏州人爱吃的"咸菜肉丝面"，这咸菜只能是雪菜，不会是咸菜——也就是说只能腌雪里蕻，断不会是腌大青菜。

腌大青菜常常生吃，回味甜津津的。

腌雪里蕻生吃有股石蜡花味道。这种花浓眉大眼，很符合二十世纪七十年代末的审美标准，那时候女电影明星也个个浓眉大眼。这种花好养，只是花气艰涩，兼带辣味。

腌雪里蕻，也就是雪菜，炒熟了好吃。

"雪冬"是个时令菜，就是"雪菜炒冬笋"。"雪冬"是缩语，这一缩缩得雅气。这菜看似简单，要炒出味来很难。火候不到，难除腌雪里蕻的辣涩，也不去冬笋的涩辣。冬笋也有这股味。饭店里的"雪冬"往往火候不到，仅仅有色而无香无味。味不会没有，只是不好。

"雪冬"妙处在于青黄相接，香味互助。香味互助是一切菜肴的妙处，与其美色，不如美香，与其美香，不如美味。色好求，香稍难，味大不容易矣。

宋诗有香，宋之后的诗有色，所以难比唐诗——唐诗有味。这味与美味差不多，不是单一的甜味或者咸味，它是复合的，"忽如一夜春风来，千树万树梨花开"，"曲终人不见，江上数峰青"，只可意会，不可言传。

饮食之道，色相与味道要能表里如一并驾齐驱，几乎凤毛麟角。

生活中何尝不是如此，漂亮女人常常缺乏风韵，风韵女人往往不够漂亮。漂亮是色相，风韵是味道。

我是爱吃家常菜的，许多家常菜看看没色相，味道却很透彻。比如"雪菜烧豆腐"，我姑祖母烧来，味道直指人心。也就是风韵弥漫。

一只流淌着水红色的菱角

　　人到中年会惊艳。我在三十八九岁时才猛地发现水红菱之美。

　　我吃过的菱有乌菱、和尚菱。乌菱的两角铁钩般翘起，也真有铁一样硬。柳宗元"千山鸟飞绝，万径人踪灭。孤舟蓑笠翁，独钓寒江雪"，钓罢寒江雪后，我想他的蓑衣该是挂在乌菱上的——泥屋之中，乌菱为钩，凄清生活里耿介的饰物，现在想来不乏古意，当时看来大有新意。能新才能旧，一不小心说漏嘴了，这是文章秘诀。

　　乌菱皮质硬，肉质也硬。硬香。财大气粗，质硬味香。当然也有软香。软香的香是一种芳，软芳。红男绿女风流债，软芳硬香天下春。吃乌菱时候像劈柴，拿着菜刀，手起刀落，把乌菱劈为两半。即使已把乌菱劈为两半了，吃起来也不容易，它的皮质厚，不像和尚菱一挤菱壳，菱肉就会风起云涌。劈开的乌菱，还得用手指剥。我两鬓尚未苍苍，十指倒先黑了。乌菱的皮质里收藏着暗处的淡墨水，书写是若无若有的事情，当不了真也不能不当真。

小时候，我最爱吃的还是和尚菱。这种菱几乎没有角，就像和尚几乎没有头发。凡是菱总是有角的，菱在土话里叫成"菱角"；凡是和尚总是有头发的，除非是个秃子。只不过和尚菱菱角很小，小得就像鲫鱼尾部的细刺。祖母用菜刀把和尚菱切开，我就挤着吃。从口感上讲，和尚菱的滋味比乌菱略输文采稍逊风骚，也就是说才气小一点，那就要读书滋补：我把和尚菱浸入梅菜扣肉的浓汁里，用文火焐熟再吃。

　　吃东西，套用一个滥词（被当下用滥的词）"美食"，就是有的时候美食其天性，比如苦笋；有的时候美食其修养，比如鱼翅（这是举例，我反对食用鱼翅）。我把和尚菱浸入梅菜扣肉的浓汁里用文火焐熟再吃大概也就是美食其修养吧。

　　还有一种菱叫砂锅菱，形状我已记不清，只记得它的皮色黄兮兮白了了，极仿佛砂锅颜色。

　　我一直不太爱吃水红菱，惊艳是近几年的事。

　　水红菱只能生吃，煮熟了仅有一锅水。水红菱是涩的，但涩并不是它的味道。他的味在软芳硬香之间，既不芳也不香，说不上有什么芳香。好事的话，就说水红菱的味道只是一股清气。

　　不妨作些腐朽的联想，水红菱的味道像是柳如是小楷——我见到她的一副对联，写是大楷，但看上去像小楷。我并不是说她格局偏小，我想说的是别有一番意味。惊艳也就在这里。

惊艳更在这里：吃一只水红菱，在满嘴的涩色之中，我正犹豫彷徨着，忽地，忽地一股空茫的、无来由的清气破天荒而来，笼盖四野。

　　水红菱很好看。它的红，像新开的羊毫毛笔饱蘸胭脂在宣纸上一笔洇出，也像少女留在餐巾纸边的唇影。但都不像，水红菱的红，是只有水红菱才有的水红。水红菱在我看来，就是一只流淌着水红色的菱角。

　　在水红菱肚皮上，有一点嫩绿，这是水红菱的脐眼，看大了，或许就是江南的脐眼。

初 一

不是初中一年级，是大年初一。

小时候充大，学讲缩脚语，从"一"缩到"十"，很沾沾自喜，"一"就是"大年初一"。

我在北京生活多年，却不知道北京人怎么过大年初一。因为我总是回苏州过年。尽管我回苏州的第一件事就是感冒。现在年纪大了，没人给我压岁钱，感冒也就不忘送见面礼。每年如此。过年就是怀旧，就是一句皱巴巴的缩脚语——把伸出故乡的脚收缩回来。这样说好似心一直在故乡似的，想想，也不是。

苏州的大年初一也在变化。去年我一醒来就喝"元宝茶"，今年就没喝到。父母是在一年之中衰老，因为儿女是在一夜之间懂事。老了的父母怕出门，也就没去买青橄榄。"元宝茶"就是在新沏茶水里放进一两枚青橄榄。橄榄形状两头尖尖，与元宝是怎么也扯不到一起的，就像西班牙斗牛和法国蜗牛，但苏州人就是能把橄榄与元宝扯到一起。看来苏州人不是想象丰富就是发财心切。其实中国人的心理都有点发财心切,穷怕了。心态的浮躁属于经济现象,常常是社会贫困的反映。

今天是大年初一,要说吉利话,那么"发财!""发财!""恭喜发财!"

我还在做梦,被电话吵醒。一大早的,就有人给我父母拜年。想来都是他们的老朋友。年纪老了,反而更无忌讳,我抱紧被窝细细听我母亲与人快乐地交流着高血压和药。我们倒有很多忌讳,昨晚吃年夜饭,大妹妹就不让蒸鱼翻身,我则说吃鱼要留一点,这叫"年年有余"。有忌讳,说明有期待或者还有期待。日子就这么过下去了。这样说好似父母没期待似的,当然不是。母亲看我起床,就去厨房下汤圆、煎年糕——这是日常生活里的隐喻:汤圆是"团团圆圆",年糕是"高高兴兴"。也有"圆满"和"高升"的意思。

平日里在北京汤圆是能吃到的,年糕吃不到。其实在苏州,年糕也只在过年时才吃。我对饮食中的节令性质神往迷恋。这是仪式,有仪式就有诗意。八月半吃月饼,差不多是首格律诗,如果每个月的月半都吃月饼,那就是顺口溜了。纸袋"习俗"作响(我把"习俗"当拟声词用。说实话没有什么纸袋,只是一只塑料袋,但我讨厌塑料袋,写散文的时候凡是遇到塑料袋我一概转换成纸袋。风雅吧,风雅是不真实的,但自己喜欢),母亲从纸袋里拿出早已切好的年糕,一片一片，实话是一块一块，很厚。母亲说切不动。我想也可能年糕硬的缘故。前几年有对小夫妻不懂事，大年初一吵架，妻子顺手把年糕一砸，丈夫就被砸晕过去。也可能年糕并不硬，的确是母亲切不动了。因为有人说那妻子并没把年糕砸在丈夫头上，只是砸在镜子上——那丈夫正对镜梳头，猛看到破碎的镜子带着他的脸缤纷坠落，以为脸没了。他是吓晕的。

年糕是绿色的。我问：

"薄荷的吧？"

是薄荷的。

"我以前怎么没吃过？"

父亲在一边喝茶，说：

"不会。年糕一直是这两个品种，一种薄荷的，一种玫瑰的。"

看来我只记住玫瑰的了。那是稳稳的玫瑰红。

薄荷年糕的绿是沉沉的。这是沉沉的薄荷绿。

薄荷年糕也罢玫瑰年糕也罢，它们只有一个名字——写出来很煞风景，叫"猪油年糕"。除此之外，苏州的年糕还有就是"糖年糕"。"糖年糕"这名字好，大有田园风味。尽管糖摆满的只是烟纸店瓶瓶罐罐，猪在田园里倒常常见到。

这猪油年糕从"黄天源"买来。"黄天源"是家糕团店，创建于1821年（清道光元年），能做近四百个种类的糕团。它的"玫瑰大方糕"留香在我少年生活之中。看来我能记住的还是玫瑰。

薄荷年糕裹层薄薄的鸡蛋汁,在油锅里煎炸,它们竟能像春天的树叶一样舒放,真是个奇迹。

"猪油年糕"和"糖年糕"面上都会洒些桂花。薄荷年糕上的桂花是暗色的,仿佛不一会儿傍晚就要来临。

立 秋

  天还这么热,就立秋了。传说故都的秋是很肃杀的,现在一点也不肃杀。它只在郁达夫《故都的秋》里肃杀。因为现在的北京不是故都,是首都。
  但"故都的秋"这四个字真好,一部中国散文史。散文的况味,就是故都的秋——令人不无惆怅的怀旧,年华在十分钟老去。
  昨晚看碟,《十分钟年华老去》的西班牙电影导演维克多·埃利斯的另一部作品《榅桲和阳光》,一位老画家在自己的庭院里画着他亲手种的榅桲树,他要画出榅桲树上的阳光,但阳光太短暂了,迅速地照过,老画家来不及画。这是一部有关秋天的电影,后来榅桲落了一地,像铁块,像石头,像郁达夫时期的故都。
  榅桲有梨的形状、苹果的形状,黄色,味道酸甜。它可以生吃。北京风味的馆子里有凉拌榅桲,但我没吃过。有一次我问老北京,榅桲是什么?他说,没长好的苹果。于是我也就没点。长好的苹果我都不怎么喜欢吃，就别说没长好的苹果了。等我知道榅桲就是榅桲，仅仅有苹果或者梨的形状，却再也没在北京风味的馆子里见到凉拌榅桲。更没有在水果店里见到。

我与妻子看着《榅桲和阳光》，她说这果实多好，看着馋了。我顿时也馋了，就开只哈密瓜吃。哈密瓜与榅桲是乡亲，榅桲原产中亚。

哈密瓜质地细腻、温润，仿佛黄玉。切成一片一片，简直像一艘又一艘金黄的船，带来整个埃及和威尼斯。哈密瓜是最像秋天的水果，椭圆、饱满、浑厚，一刀切下去，"砰"的一声，就像秋天，就像立秋这一天"砰"的一声，说来就来。江南人在这一天却只吃西瓜。（为了告别夏天的一个仪式）这是传统。立秋这一天的西瓜价格再贵，江南人也要吃西瓜。我这几年在北京，身在曹营心在汉，立秋这一天也往往如此。老北京却不是如此，金受申先生在《老北京的生活》里说：

立秋以后，几场秋雨，果然早晚显出凉意来。院中几十个蛐蛐、油葫芦，叫得如一队雅乐，在人听来，真是秋意十分了。经过长夏的蒸郁，人们肠胃也寡得少油了，趁此秋凉，大吃大喝，是很有趣味的。

看来老北京吃肉为主。立秋以后,老北京都进加油站,肠胃寡得少油了,加油,加油,再加油!我几乎能看到他们嘴中都插着一根油乎乎胀鼓鼓的管子。

立秋这一天江南人吃西瓜,而我在江南西瓜却吃得不多。江南的西瓜不好吃。江南沙地少,水分又大,西瓜也就不甜。即使是甜西瓜,两三口过后,水气立马杀将过来。我只有遇到黄瓤西瓜,才喜滋滋地猛吃一通。我喜欢黄瓤西瓜那种近乎透明的黄色。

到北京,多吃了几只西瓜。北京市大兴区庞各庄所产西瓜,燕赵第一,几乎是赵飞燕。庞各庄虽隶属大兴区,西瓜却不是"大兴货"。"大兴货",吴方言,"假冒伪劣"的意思。

中秋节的吃物

月饼。有苏式月饼和广式月饼。苏式月饼是酥皮的，我觉得苏式月饼的酥皮比月饼馅要来得好吃。苏式月饼里的椒盐月饼，口感很好。近几年苏式月饼在市场上不走俏，所以我也有八九年没吃到了。人的口感像时装，变化快，苏式月饼式微，并不就是说苏式月饼的工艺已经遭到淘汰，我认为完全可以用酥皮发展出另一种糕点甚至就是月饼本身——对馅的改进看来是首要的，苏式月饼的确偏甜。苏式月饼和广式月饼的另一个区别，苏式月饼底部，会垫一张正方形小纸片，它被油沁得透明，像是大鱼鳞片。别小看这张纸片，大有来头，元末张士诚他们在纸片上写暗号，垫月饼下面，相约苏州民众中秋节起义。

芋头。苏州人叫芋奶，或芋奶头，也许有些象形的缘故。在中秋夜，要吃一碗糖芋奶。糖是赤砂糖。烧芋奶，会放一点食用碱，汤色红艳说红艳轻薄了点，苋菜的汤色才叫红艳，糖芋奶应该说汤色赫奕，放点食用碱，又容易使芋奶酥软。芋奶往往写成芋艿，我的芋"奶"是别字，民间就是这样写的，好玩。

水红菱。有关水红菱，我已写过一篇（《一只流淌着水红色的菱角》），这里也就不饶舌了。

梨。鸭梨，砀山梨。

还有荡藕，黄天荡的藕(或者荷花荡的藕。荷花荡在苏州葑门外，东南与黄天荡相接，曾经是个赏荷佳处，后来荒废，但留下个俗语"赤脚荷花荡"）。荡藕，现在都写成"塘藕"，苏州闲话里"荡""塘"不分，应该写成"荡藕"，因为藕都是在塘里长的，没有海藕江藕，这也就是说藕长在塘里是藕的基本特性，写成"荡藕"，就像说"川贝"一样，是说那地方所产尤其见好。我的这个想法得到间接证明，顾震涛在《吴门表隐》里有"荡菱"一条：

> 顾窑荡菱之佳者，软尖味美，出葑门外顾荣墓。

荡菱，现在也写成"塘菱"，看来误也。顾荣墓在黄天荡南面。顾荣与"莼鲈之思"的张翰是朋友，张翰对顾荣说："天下纷纷，祸难未已。夫有四海之名者，求退良难。吾本山林间人，无望于时。子善以明防前，以智虑后。"顾荣闻言，怆然说道："吾亦与子采南山蕨，饮三江水耳。"

荡藕切成薄片，生吃，爽脆嫩甜。切的时候，藕丝缠缠；吃的时候，藕丝绵绵。轻轻地吹一口气，能吐出万丈银丝，结出只茧来。苏州还有一种藕，可惜只在书里看到：

唐世苏州进藕，其最佳者名伤荷藕，或曰叶甘为虫所伤，或曰故伤其叶以长根。

"伤荷藕"见朱长文《吴郡图经续记·杂录》。

月饼。芋头。水红菱。梨。荡藕。在我记忆里，这几样好像是赏月之际必吃的。而在中秋赏月吃芋头水红菱梨荡藕这类果品食物，倒保留了一些宋朝人派头。

中秋节阖家团圆，晚饭的时候大人们喝桂花酒，我也会讨一杯尝尝。常熟产的桂花酒品质最好，我还记得它的酒瓶贴是黄的。没买到桂花酒，就喝醇香酒，平时不太喝酒的人逢年过节往往喝醇香酒。我青少年时期，葡萄酒还没有流行，那时流行果子酒，到底是什么果子，恐怕造酒的人也说不清，反正只要颜色红红绿绿、带甜、带水果味（的香精）、度数不高的，就是果子酒。有几年还流行过汽酒，红的，黄的，一开瓶盖，嘟嘟冒泡。至于苏州人喝啤酒，是到二十世纪八十年代中期才喝开的。我童年从没见过家里的大人们喝过啤酒。

我还记得祖母剥芋奶的情景。那时哪来什么速冻芋头，全要自己动手处理。剥芋奶是一件很麻烦的事，麻烦在剥完之后，双手奇痒无比。祖母先把芋奶装进麻袋，扎紧口子，然后拿到天井里的石板上去摔，既摔掉泥，又能使芋奶的皮松脱，容易剥一些。一剥完芋奶，祖母马上把手伸到煤炉上去烤，烤烫了，再用活水冲手，据说这样，双手就不会太痒。

墙角种满南天竺，麻袋一上一下地摔，形成棕黄色气流，让南天竺下巴尖尖的叶子咬牙切齿般抖动。祖母青衣灰裳黑布鞋，在气流和南天竺中间，好像刻出来的版画——这么朴素的人物，我想不出谁能够刻出。

而芋奶对我而言，有一种神秘，它不但有皮，竟然还有毛。我说芋奶你又不是鸡又不是鸭，要毛干什么！

四季歌

桥头有家糕团店,路过时候,看到柜台上摆出青团子,我就知道快到清明了。

青团子刚出蒸笼,热气腾腾,冒着泡泡——从鲜绿的团子顶头、四围,冒出细嫩的白泡泡,小小的,圆圆的,尖尖的——泡泡从鲜绿里噗地吐出,慢吞吞地鼓圆,正要满溢,小小的圆圆的泡泡又一下子拔尖,"尖端技术!"突然,爆了。如果你盯着一个泡泡,看它从鲜绿的团子顶头、四围,冒出,慢吞吞地鼓圆,又一下子拔尖,突然爆了,你会觉得泡泡的声音,响得仿佛石沉大海。

青团子,其实不青,是鲜绿的颜色。它用麦汁和面而成,豆沙脂油馅,蒸后还能小家碧玉般鲜绿,完全在于糕团师傅点石灰时把握的分寸——在苏州,掌握这分寸的糕团师傅据我所知也只限于两三人——他们有祖传秘诀。

青团子泡泡爆了的声音,在化着雪呢。

我写过一首诗，《午夜的糕团店》。我在北方想起江南，有时候最想的却是桥头的糕团店巷口的糕团店街上的的糕团店屋檐下的糕团店——糕团店四季，最为分明，糕团店是册农历。

农历的糕团店春天有青团子，夏天有薄荷糕，这两种糕团都是鲜绿的颜色。

我在《大饼油条粢饭汤团面衣饼南瓜团子蟹壳黄等等》中写到糕团师傅："巷里有一个糕团师傅，我从没见过他做糕团，只看他挖防空洞。"那时正"深挖洞"，新挖出的泥堆高在院落里，里面出没回肠九转的蚯蚓，只看他把挖到的一块界石举过头顶，扔到沟外。汗从糕团师傅热气腾腾的光头上流下，一颗汗里浮着几朵杨絮。

滴进炉子，糕团师傅的汗会吱吱直响。有时候不吱吱直响，不是炉子灭了，就是不在炉子周边。

杨絮与蠓虫齐飞，夏天了。

"立夏"这一天，苏州小孩要在胸口挂上五彩丝线编织的网兜，装着一只煮熟的咸鸭蛋。如果咸鸭蛋找不到——有一年特别紧缺——就装煮鸡蛋。苏州人只腌鸭蛋，几乎不腌鸡蛋。鸭蛋腌了，鲜。据说腌鸭蛋时，滴几点辣油，鸭蛋黄就能出油——筷子戳破蛋白，刺探进蛋黄，像刀切开橙子，遍地流汁，富得冒油。但那时是个贫乏年头，有时连鸡蛋也挂不上，五彩丝线都找不到，就用棉纱线染些红墨水，编好网兜后，装块鹅卵石。远远望过去，也像咸鸭蛋，起码比挂煮鸡蛋气派。

我对"立夏"挂咸鸭蛋这个风俗，问过祖母，祖母不知道，她当时只知道给我挂，给我妹妹挂，给我表妹挂，给我表弟挂，给我堂弟挂，现在我只得自作主张地认为：

"鸭"谐音"压"，挂鸭蛋，既有压邪的意思，夏天，小孩易病；也有压重——压住体重，不让减轻的意思。"立夏"这一天，小孩先要秤体重，秤完后，大人把小孩重量郑重地记刻在门板后面，再给小孩挂上咸鸭蛋。

还有，小孩喜欢玩水，夏天里更进一步，会下河。挂只咸鸭蛋，愿小孩像鸭子，因为没有被水淹死的鸭子，只有被人吃掉的鸭子。

旧的院落里，月亮。模模糊糊的亭子，像剪出的人形：袒胸露背，远处灯笼里的光在乌有肌肤上浮动。两个人坐在一棵桂花树下，面对面。他从她的肩膀上望出去，亭子，灯笼，黑。而月亮却在他的身后，他想，她从他的肩膀上望出去，如果她从他的肩膀上望出去，月亮，围墙，黑。他刚才坐在她对面的时候，总忍不住回一回头，他回头看到了月亮、围墙、黑。其实不回头他也知道：月亮，围墙，黑。他现在已经站起，与她并肩坐下，他想，这时候回头的话，在后面等着的就不是月亮，围墙，黑——而是亭子、灯笼、黑。黑了。

他忍住回头，他只想着黑——前面后面，黑都是一样的。也只有黑都是一样的。也不过黑都是一样的。黑限于黑。他与她并肩而坐，他望着前面：月亮，围墙，黑。他把黑排除出去，或者说他把月亮、围墙从黑上剪出，剪出月亮和围墙形状。

离围墙越来越远了，月亮，升起之际——在围墙后升起，围墙像一根发条从钟表里扯出，拉直了。时间在围墙后越陷越深，听得到它陷落时咕嘟咕嘟的声音，皮上沾着些泥水。瓶中的——亭子，灯笼，黑；月亮，围墙，黑。瓶中的黑，咕嘟咕嘟的声音，仰起脖子饮水，解开衣领。

月亮越来越大。围墙上的墙头草，越来越短。

月亮越来越小，在黑中越陷越深，而对他却越来越重要了。亭子灯笼月亮围墙她越陷越深，咕嘟咕嘟。一棵桂花树咕嘟咕嘟，它要开放。

亭子在围墙中凉快，灯笼劈断一块砖。

苏州的冬天虽然很少下雪，但总有一场雪羞答答地会从寒夜下到春晓，桥头有家糕团店，只有它的屋顶不白，烟囱，鼓风机里吹出的热气，门口已经排起买大饼油条的长队。

木 奴

　　一些人吃橘子，会把橘络撕掉。我小时候也这么吃，被我祖母痛打头皮，她说，吃橘子撕掉橘络的人，长大要做强盗的，已经把橘子剥皮了，还抽它的筋，不仁不义，天理不容。

　　祖母咄咄逼人的样子，历历在目。

　　父母都很温和，甚至胆小谨慎，我有时咄咄逼人，我想这是祖母给我的礼物。

　　刚才吃橘子，想起童年往事，不禁凄然。我在北方多年，好久没有接受祖母教训了。

　　祖母晚上醒来，一定要吃一只半只橘子，才再睡得着。

　　有人问我祖母你老人家想吃点什么？她毫不犹豫地说：

　　"福橘。"

　　福橘、黄橘、金钱橘、蜜橘、大红袍，产地不同，品种不同，名字也不同。橘子还有一个名字，叫木奴，待一会儿再说。

李时珍《本草纲目》引孔安国言："小曰橘，大曰柚，皆为柑也。"柑后来居上，一般称为柑橘。由此看来柑橘家族庞大，橘子、柚子、柑子、橙子、柠檬，都是成员，橄榄也想挤进去，实在个头小，被一脚踹了。

经常吃橘子可以预防老年中风。我祖母吃橘子，倒不是要预防老年中风。她就是觉得水果之中，就橘子好吃。我曾经对她说，饭前或空腹不要吃橘子。祖母眼睛一瞪，说，谁规定的？

橘皮也好吃，当然是做成陈皮后，好吃！有一阶段我只吃陈皮，倒不是怕败絮其中，因为我口福浅，吃一只橘子就会"上火"，牙疼。

祖母吃橘子，她有一套挑选方法，她说个头中等的最好吃。个头偏大的皮厚，皮一厚，肉就少；个头偏小的酸，或者有水气。橘子皮要润泽，橘红色橘黄色就是从橘子皮那里来的，所以橘子皮颜色一定要橘红或橘黄，还要有弹性，用手指按一下，弹性好的，肉也好。

我有一位朋友，他说他女朋友挑选橘子，只看橘子底部，底部平坦，或外凸，她就不要。许多水果都这样，他说，底部凹者为雌，雌的都好。

王羲之《奉橘帖》，我通过图片，临过几天，模模糊糊，看也看不清，像在霜天望远，令人怀想。到了唐朝，韦应物把《奉橘帖》改成一首七言绝句，得来全不费功夫，却情真意切，像在远望天霜。

腊月的黄昏，我从街上买一包橘子回家，凑着暖气片，吃橘子，仿佛吃着一小片甜冰：一缕清冷撕心裂肺，不是撕心裂肺的痛苦，是撕心裂肺的快乐。我总是贪婪，要吃到胃里难受才肯闭嘴。

　　橘子很难画，反正我画不好，不画橘子皮上的疙里疙瘩，好像西红柿；画上橘子皮上的疙里疙瘩，胭脂多用了，橘子就混迹荔枝，而多用藤黄，橘子又摇身一变，成为龙眼。

　　江南人要孕妇多吃橘子，讨个口彩，橘子橘子，绝对会生儿子。但我想既然是橘子橘子，会不会坚决不生儿子呢。吴方言里，"橘""绝""决"同音。

　　夏天没橘子吃，吃橘子汽水。

　　橘生淮南为橘，生淮北为枳，生在三国时代的丹阳，就是木奴。丹阳太守种橘千树，临终时对他儿子说，我给你留下千头木奴，它们不吃不喝，还能给你赚钱。

去吃一碗面

常常见到书画家闲章或者作品,有"且饮一杯茶"或者"喝酒去",就没见到"吃饭去"或者"去吃一碗面"的,心里就替饭与面打抱不平,难道就茶和酒雅,饭与面是俗的末事?茶和酒可以不饮不喝,饭与面一日可少乎?饭与面真是俗事的话,倒也见俗事的必不能少,以至可敬可爱了。

我在北京多年,觉得大名鼎鼎的"炸酱面"还是太粗,像是草台班子。于是就对人说,苏州的面有一百多种,如果初来乍到,走进面店,眼花目花。他们不信,不信苏州的面有一百多种。他们对的。苏州的面确实没有一百多种,扬州的点心也没有三千多种,袁枚说他让佣人过江去扬州买点心,一买就是三千多种。袁枚能这么说,为什么我就不能?总不能让大话全给古人说掉。

苏州的面没有一百多种,几十种总归有的。这几十种面,是指面浇头不同。面浇头有荤素之分,荤有爆鱼、焖肉、虾仁、爆鳝、鳝糊等等，素有面筋、香菇、扁尖等等，也有半荤半素的，用酱炒了肉丁、豆腐干块来做浇头。还有咸菜肉丝面。老饕们觉得一种浇头不过瘾，就要个双浇头，说话里叫"双浇"，比如"鱼肉双浇"，就是爆鱼之外，再加上块焖肉。

什么浇头也没有，就是光面，它有个极高雅的名字，叫"阳春面"。外地人到苏州吃面，一听"阳春面"，这名字好啊，就吃"阳春面"，等端上桌一看，光光的什么也没有，大呼上当。阳春么，一片大好春光，当然是光光的什么也没有。这是苏州人的幽默。可惜现在苏州人连这一点幽默也没有了，因为"阳春面"利润太薄。幽默和钱挂上钩，就是钱幽默，就是"钱有么？"没钱一边去，不幽你的默。

我所知道苏州传统面店里买卖的面，实在说，只有三种：汤面、炒面和冷拌面。冷拌面只在夏天供应，叫"风扇冷面"，先把面下熟了，过好冷水，然后晾在竹匾里，一只扇叶漆成天蓝色的风扇对着它呼呼大吹，熟面在竹匾里如果满满一堆，就让风扇摇头，面面俱到，发出刺耳的声响。

热拌面比如湖北"热干面"，在苏州传统面店里是吃不到的，有些家庭会偶尔一做，比如葱油热拌面。

还有一种面在苏州传统面店里也吃不到，家里常吃，叫"菜下面"，因为不换下面的汤，面条与菜都有些烂糊烂糊，故又叫"烂糊面"。"烂糊面"常常是在冬天吃的。

很少有人夏天吃炒面,所以一年四季都供应的只有汤面。

长江以北某些地方,会把面条与馄饨同下,叫"馄饨面",苏州没有这种吃法。馄饨与面下在一起,对苏州人来说,就像西装和草鞋穿在一起那么不可思议。

绿杨馄饨

馄饨这个名字,像是外来语,如沙发、雷达之流。有的地区说云吞(像是高山流水自然景观),有的地区叫抄手(像是事不关己高高挂起)。苏州与北京在馄饨问题上没有分歧(比如苏州人把豆泡说成油豆腐,北京人把油豆腐叫为豆泡;苏州人把莲菜说成藕,北京人把藕叫为莲菜,这是分歧),既不说云吞,也不叫抄手,就叫馄饨,这多少让我这个飘在北京的人感到亲切(一般写法是"漂在北京",但我觉得北京水少风大,特别改成"飘")。

所以我对"馄饨侯"一往情深。

"馄饨侯"是北京的"中华老字号",苏州也有家"中华老字号"馄饨店,名"绿杨馄饨"。

"馄饨侯"的"红油馄饨""酸汤馄饨"在苏州吃不到,"绿杨馄饨"只有一种馄饨,"鸡汤馄饨",通常说法是"鸡丝馄饨"。"鸡丝馄饨"听起来不好,我不知道苏州人为什么不在这里避讳,如果在面店里，你买面四碗，这"四"的声音就被避讳掉，服务员端面上桌的时候，他决不会说："你好，四碗来哉！"他一定这样吆喝：

"两两碗来哉！"

二二得四，苏州人算术一向很好，所以小学里上算术课，逢到"乘法口诀"这一单元，老师都是跳过去的。当然也有麻烦，老师提问，在乘法里"四"是怎么得来的，我们说完了"一四得四"，就会说"两两碗得四"，一时间整个教室成为"朱鸿兴面店"。"朱鸿兴面店"是苏州另一家"中华老字号"。

所谓"鸡丝"，就是鸡肉丝，所谓"鸡丝馄饨"，就是馄饨汤里漂些鸡肉丝。这鸡肉丝是店家对馄饨汤由鸡汤打底的证明：我鸡肉丝都给你了，这鸡汤还会是假的吗？

"绿杨馄饨"店卖的"鸡丝馄饨"，除馄饨汤里有鸡肉丝之外，还有蛋皮，还有猪油，凝结的一小块，碗往外端的时候，飞快地舀到碗里。想要有青头的，就再加一把葱花。葱是小葱。好像不是葱花，是大蒜叶子，是吗？修订至此，我通过微博@一位朋友，他说："老法头规矩，面用蒜叶，馄饨用葱花。"

二十世纪八十年代中期，吴趋坊里有一家个体馄饨店，卖的馄饨叫"泡泡馄饨"。"泡泡馄饨"皮子极薄，肉馅极少——透过极薄的皮子，肉馅只是微红一点，说得好色一点，就仿佛林风眠先生仕女图身上的绸衫和被绸衫云遮雾罩的乳头。这家个体馄饨店破破烂烂，桌子椅子也都摇摇晃晃，生意却分外红火，等着泡泡的人一波又一波地翻滚在两棵泡桐树下。

  这家个体馄饨店门口有两棵泡桐树，四五张桌子东倒西歪地丢在树下。有一年春天我正吃着馄饨，一朵紫盈盈的泡桐花大概闻到香气，也来凑热闹，"噗"地掉进馄饨碗，泡汤了。

大饼油条粢饭汤团面衣饼南瓜团子蟹壳黄等等

　　大饼、油条、粢饭,作早饭的,也就不能说是点心。点心一般是下午三四点钟时的吃食,就是填填饥,不是吃吃饱。还有"夜点心"的说法。苏州人下午不吃大饼、油条、粢饭,大饼油条或许还能吃到,早晨大饼店卖剩,下午搭浆继续卖。粢饭就见不到了,粢饭只在早晨供应。粢饭就是糯米饭,买的时候按斤论两,用秤秤过,一两,二两,三两。很少见到有人一吃吃四两的,因为糯米饭顶胃。卖粢饭的手里抓着块纱布,是捏粢饭团用的。粢饭团里包一根还是两根油条,这由吃的人自己拿主意,卖粢饭的把油条一波三折,洒勺白糖,包紧在粢饭里。还有一种薄饼包油条,也只在早晨吃,薄饼里侧刷上辣火酱(红辣椒酱),包一根还是两根油条,这也由吃的人自己拿主意。这种薄饼包油条的吃食,名字恐怖,甚至恶心,叫"荷叶包死人"。"荷叶"指薄饼,"死人"指油条。如叫"小死人"时候,也包括薄饼——"荷叶包死人"简称。在苏州,常会听到这样对话:

"早上吃个啥末事？"

"小死人。"

这个吃食，就这个绰号，居然没有正式名字。

精致、胆小、优雅、谨慎的苏州人，这时候个个像恶鬼或者钟馗似的，倒也难得。

早晨吃的汤团，下午也有供应。汤团分甜咸两种。甜的有芝麻豆沙之类，咸的是肉馅。

粢饭除了包油条，还有粢饭糕（油炸的）、粢饭团（蒸的，只有肉馅这一种）。

麻团，小甜心。

面衣饼。面衣饼里放一只鸡蛋，在二十世纪七十年代算是有钱人家的吃食。大饼店早晨卖大饼油条，下午两点钟后供应面衣饼、蟹壳黄、生煎馒头。

南瓜团子。南瓜团子的颜色是金黄的，那几天的糕团店，像爬满南瓜藤结满小南瓜的猪圈屋顶。为什么是猪圈屋顶？因为江南农村往往把南瓜种在猪圈边，南瓜藤会爬，爬到猪圈的屋顶上去结南瓜。

糕团常常与时令有关，只有青团子大家最当一回事，青团子清明上市，都要排队买，吃青团子是怀念祖先的仪式，暗地里还提醒着宗法社会里的宗法。其实时过境迁，都是凑凑热闹。

我写过一篇散文（《四季歌》），写到"青团子"，现在把这部分重写一边：

青团子刚出蒸笼，热气腾腾，冒着白嫩的泡泡。"噗噗"，泡泡在鲜绿里慢吞吞地鼓圆，一下子拔尖，突然，爆了。如果盯着一个泡泡看，看到它爆，就会觉得泡泡的声音很响。

青团子并不青，它鲜绿，用麦汁和面而成，馅是豆沙脂油。

不用色素，但要点石灰，青团子蒸后还能鲜绿，完全在于糕团师傅点石灰时的分寸。掌握这分寸的据我所知也只两三家，他们有祖传秘诀。

最后，说说糕团师傅。我住祖母那里的时候，巷里有一个糕团师傅，我从没见过他做糕团，只看他挖防空洞，他力大无穷，能把挖到的一块界石举过头顶。

袜底酥格麦地蔬格绿油油的麦饼格

那时,有一种吃食,叫"袜底酥"。看上去不雅,吃吃蛮有味道。记得不错,味道是椒盐的,就是有点儿咸来有点儿甜。袜底酥的味道,不一言堂,不一元化。

袜底酥是象形吃食,像袜底。不是黑丝,是老早的布袜,一针一线缝出,底子很厚。老早布袜底子形状,有点仿佛案头的回形针,而袜底酥也像回形针一圈一圈地绕着,极其酥,吃的时候要用一张纸托着,它"系系列列"会掉一纸。吃完之后,把纸对折,举高,凑向嘴巴,仰起头,袜底酥屑粒就墙粉一样落上舌头。有时候落进我的眼睛。有时候被它呛得咳嗽。

袜底酥很便宜。便宜没好货,谁说的?袜底酥又便宜又好。只是苏州人觉得它拿不上台面。这几年吃不到了。

所谓拿得上台面的、较为昂贵的吃食，那时是"枣泥麻饼"，北方人听起来，像是"找你妈病"。也有的北方人听成"操你妈×"。这一点也不虚构，有个故事，不说了。听讹的事是经常发生的。有座"北寺塔"，吴方言说来，"bushita"。北方人奇怪，明明是塔，还说"不是塔"，南方人太坏。枣泥麻饼装在大纸圆筒里，大纸圆筒上彩印着虎丘塔，一看就是苏州特产。苏州人很少吃它（特产特产，本地人不睬)，另外，那时的枣泥麻饼也真不好吃，硬得可以用来垫床脚。但一送礼，却还是要送枣泥麻饼，因为这是礼。看来礼不是什么好东西。

那人来看她，据说是她外甥，送的礼是十只袜底酥。外甥尚未走远，舅妈就对邻居说：

"三年自然灾害，他快饿死了，我给他一把萝卜缨子。现在好了，来看我，只拿十只袜底酥。"

袜底酥使她蒙受极大耻辱，她叉手叉脚坐在大院里的榆树下，边说边捏出一只袜底酥，恶狠狠地吃了起来。

这几年枣泥麻饼质量在我看来大为提高，但老人说：

"比起五十年代初期的枣泥麻饼，差得远了。"

枣泥麻饼全名是"松子枣泥麻饼",配料:面粉、蔗糖、枣泥、豆沙、芝麻、松子、桂花、精炼油和饴糖。这是现在的配料。以前没这一说,不会把配料印在包装上。

但近二十年袜底酥却在市面上绝迹了。(此文写于十多年前,的确绝迹。现在袜底酥又出现了,古镇旅游点上比比皆是。二零一二年三月二日,老车自注)

吃食中大概也有"六书",袜底酥是象形的。我在《开水淘饭》里写到的"蟹壳黄"与"老虎脚爪"也是象形的。有人说"油条"是从"油炸桧"变来,那么"油炸桧"是象形吗?"油条"已抽象得多了,它属于会意呢还是转注?一切吃食皆可看作文字。

烘"蟹壳黄"的师傅、炸"油条"的师傅,都是仓颉。

只有美味不立文字,因为它直指人心。

我对"油条"是从"油炸桧"变来的这一说并不怀疑,虽然我在江南偏僻处吃过"油炸桧",它是另一种食品,不发面的。

袜底酥到底怎样便宜,七分钱一只?五分钱一只?三分钱一只?一分钱一只?那么,一分钱两只?也没这么便宜,一分钱两只的是信封，那时。那时是20世纪70年代中期。

袜麦同音，当然在吴方言里。袜底酥，吴方言说来，很有情调，很容易听成"麦地蔬"，很大自然。

我在常熟看到"麦饼"——两个白粉笔字清清爽爽写在点心店窗口小黑板上，我想我这一生还没吃过麦饼呢，想象它是绿油油的，竟生出些感动。街道上冷冷清清，我是有一晚忽然不想睡觉，骑着自行车，从苏州，不料骑到常熟，见到"麦饼"两字，就在点心店门口等开门。后来，原来，我以为的常熟绿油油"麦饼"原来就是苏州黄渣渣"面饼"呵，怎么没有想到！

常熟人天性怀旧，一点不错：面粉的前世难道不是麦子？

但我坚信袜底酥的前世决不是袜底。

橘红糕海棠糕脂油糕黄松糕桂花白糖条糕薄荷糕蜂糖年糕水磨年糕扁豆糕

我的家乡有种吃食,"橘红糕"。它的色泽更美,质地乳白,隐隐粉红、朱砂与橙红的肌理,一块一块,大小如大拇指肚,怕它粘连,就裹上面粉,面粉受热受潮后,仿佛溃了进去,又给橘红糕凭添茫茫雾霭。

橘红糕的味道微酸细甜,稍带药气。

祖母说:"橘红糕消食。"

与祖母同吃橘红糕的情景,我已不记得了。儿时,我躺在热被窝里吃酥糖,三九天气,吃得床单上都是沙沙碎屑,睡不舒服,就钻到祖母被窝里,祖母也在吃酥糖。床底下放只小凳,装着吃食,我半夜醒来,就要吃东西,祖母一欠身,把小凳从床底拖出,那声音又刺耳,又让我馋涎欲滴。现在想起,还是很馋。我儿子也有这毛病,有时我烦他,他就说:"没道理,你小时候能吃,我就吃不得!"老太太把我儿时的秘密全告诉她的曾孙了。

罋底散些生石灰块,隔一层报纸,再把吃食放进去。江南阴湿,这样可以防潮。

我青年时代夜里读书,如果冬天,会早早上床,放一纸袋橘红糕在枕边,看几行,吃一块,一本书才看小半,一纸袋橘红糕已经吃完。牙齿就是这么坏的。

南糕北饼,这是我的杜撰。

在我印象里,南方糕的品种多,北方饼的品种多。为了支持这个杜撰,我还振振有词。糕大多是蒸出来的,蒸糕用水,南方就比北方便利。北方扬长避短,发展制饼工艺,饼大多烘烤,北方柴禾多。地理决定饮食。这个印象,是我从西北回到苏州后得出的,有很大局限性,所以说是杜撰。

苏州的糕点中,有种糕不蒸,也是烘烤出来的,叫"海棠糕"。这名字很艳丽,因为糕的形状像一朵海棠花。炉火通红,大有"只恐夜深花睡去,故燃高烛照红妆"的诗情画意。古人常惜海棠少香,而海棠糕的香气浓得很呢。还有热气。

过去苏州人吃早饭,觉得享受的是买一块脂油糕(也有叫"猪油糕"的),夹在芝麻大饼里。也就是芝麻烧饼。南糕北饼,苏州人通达得很,早就南北对话。但这不是普通人家所能经常消费的。一块脂油糕五分钱,而当时,一碗阳春面只要三分钱,两分半钱可以买一副大饼油条。

我爱吃的，却是两种便宜货，一种"黄松糕"，也有叫"黄沙糕"的，米粒不均，吃在嘴里粗粗糙糙，最能传"粗糙"神韵（这两字都有米），好久没看到了；一种"桂花白糖条糕"，仿佛一根白玉棍子，手感很好，口感也很好。

有种蜂糕，巴掌大小，饭碗那样高，糕面嵌一粒红枣，洒几许红绿丝，糕色淡黄，有些酸气，掰开后，真像蜂窝。这种吃食约定俗成，早晨是没人会吃的，通常在下午吃一点，似乎可以称呼"下午点心"，但也没有人这么称呼。吃块蜂糕，夜饭即使要等到月亮上山后开吃，也不心慌。

大雪飘飘，吃水磨年糕，用雪菜炒，用菠菜炒，加些肉丝，一直吃到开春。我是炒年糕高手，这个时节若来朋友蹭饭，我就炒年糕给他们吃，又好吃，又省钱，又不失面子。为了钱与面子，我能把年糕炒得打他们耳光都不放下。苏州土话，说一样东西美味，就讲"打耳光不放"；说一样东西鲜，就讲"眉毛都掉了"；说一样东西咸，就讲"裤脚管扎扎紧"。这些土话还颇有些南蛮遗意。

早已消失的是扁豆糕，只听老人说起过，我没有这个口福。想象它是淡紫色的，犹如压在箱底一件淡紫色旗袍，一件淡紫色旗袍的淡紫色一角。

山芋的白吃甜吃与咸吃

说起来山芋像个粗活,但要吃到好山芋也不容易。北京的山芋溏心,软甜而不硬香。更多时候还只软不甜。有的人是欺软怕硬,江湖上的小混混大都如此;有的人是吃软不吃硬,梁山好汉服了宋江,因为宋江软。这是人际关系。说到吃,那大伙儿是既欺软又欺硬、既吃软又吃硬的。糯米饭是软的,就欺它的软吃它的软;炸花生是硬的,就欺它的硬吃它的硬。所以软一定要软而甜,硬一定要硬而香。软而不甜非情种;硬而不香乃匹夫。以此来看北京软而不甜的山芋,只能说是娘娘腔而已。

山芋在我家乡苏州,算不上好东西。我中学时期居住通关坊七号,备弄里黑乎乎的墙上,那时还留有一些比我年岁大一点的孩子手迹,关于山芋就有多条:

山芋代粮

身体健康

天天啃红薯
我们不叫苦

红小兵,志气高
不怕山芋吃到老

通过这些手迹,我知道他们吃厌了山芋。但我却从没吃厌过。

苏州的山芋有两种,软甜叫黄金山芋(横泾山芋的讹称。横泾是苏州郊区的一个地名),硬香叫栗子山芋。栗子山芋据说原产宜兴,宜兴多山土,还产百合(宜兴百合肉不及兰州百合丰腴,味却在兰州百合之上,一入口是苦的,但随即苦尽甘来。只是吃宜兴百合比较麻烦,它每瓣都有层内衣,要一一撕掉),还产紫砂壶。

软甜的黄金山芋和硬香的栗子山芋,指的是它们煮熟后的状态。黄金山芋生猛时候,并不软。黄金山芋通常生吃,它甜,水分多,脆嫩,肉泽有金黄和玫瑰红这两种。栗子山芋一般不生吃,吃在嘴里发干发涩,不甜不香,像吃热水瓶塞子。栗子山芋肉泽也有两种,分别是金黄和白银色的。

烘山芋(这是南方叫法,也就是北方的烤白薯)只有用栗子山芋,才好吃。所以苏州人买烘山芋,有时候不放心,会多问上一句,是栗子山芋还是黄金山芋?确认栗子山芋后才摸皮夹子(钱包)。

山芋除了烘烤,还有蒸,还有焖。过去一大家子住在一个屋檐下,烧饭镬子比牛皮大,所以也就有山芋的立足之地,米饭进入文火阶段,就把山芋放在米饭上面,盖紧锅盖横七竖八直到焖熟为止。

烘山芋蒸山芋焖山芋,吃的时候没有佐料,可以说是白吃。山芋能拔丝,还能烧汤,烧汤叫汤山芋,这要加糖(如果再能加点桂花就更好),这叫甜吃。山芋还可以咸吃,常吃的是葱油山芋,既当菜,又当饭,菜制饭制,一国两制。

山芋名字很多,红薯、白薯、番薯、甘薯、红苕、地瓜,都是它的名字,由此也可看出它的流传之广。但说地瓜,苏州人不一定知道这就是山芋。

开水淘饭

美食是一个概念,食美是另一个概念。"夜雨剪春韭",春韭是很平常的东西,但因夜雨,就是美食了。美食是氛围,食美是材料。我是读到杜甫这句诗后,开始吃韭菜。尽管曾临过杨凝式《韭花帖》并知道毛泽东在《论十大关系》中的一个比喻:人的脑袋不是韭菜,割了还能再长。学习此雄文时正读小学,我们常把手张作刀样,彼此冷不防"咔嚓"一下。现在我的后颈上还一阵苍凉。杜甫改变我的习惯,看来诗歌还是有用。当然也只能对一部分人有用。我的一位朋友也不吃韭菜,我把这句诗告诉他,没什么反应。后来说则《笑林广记》上的笑话,他竟把韭菜盘端到自己嘴边。《笑林广记》上说,韭菜壮阳。

平日里读古人诗,觉得李白是不要下酒菜的。而短命的李贺,这么瘦,爱吃青蛙。他说:"食熊则肥,食蛙则瘦。"想来唐朝害虫不多,吃掉些青蛙也无妨吧。吃多了青蛙的李贺,颤巍巍骑在驴背上,像被驮着的一根枯枝。宋朝是"以茶代酒"时代,比较理性,胃口也小,但吃食范围有扩大化倾向。《山家清供》中有道"银丝供":

张约斋性喜延山林湖海之士。一日午酌,数杯后命左右作银丝,且戒之曰:"调和教好,又要有真味。"众客谓必脍也。良久,出琴一张,请琴师弹《离骚》一曲。众始知银丝乃琴弦也。调和教好,调和琴也。又要有真味,盖取陶潜琴书中有真味之意也。

甚至还有吃墨的。陆树声《清暑笔谈》中记载东坡所言,"吕行甫好藏墨而不能书,则时磨墨汁小啜之。"

"南园苦笋味胜肉"(黄庭坚句),宋朝人吃的是味,看来不太注意营养,精气神自然就弱了。同称得上英雄的项羽和宋江,一个力拔山兮气盖世,一个只得无奈地承认手无缚鸡之力。这是与饮食有关的。

饮食是一门科学,美食是一门艺术。

学习现当代散文,我以为最具美食心态的是周作人与汪曾祺。还有郭风。郭风著有一篇记福建小吃的大作,干净老到。郭风这几年的作品,惜未见其结集。周、汪与郭的吃,是小品类吃,不说吃出民族文化,起码吃出传统情趣,也吃成一种有意味的形式。

这种吃有点守旧,甚至还有点寂寞。

在昏暗的客堂里，一只虚无的老虎在我面前走来走去，我把"老虎脚爪"在八仙桌上移动，直到傍晚来临。有些食品名字很怪，还有一种在童年时也常吃的食品，叫"蟹壳黄"。

包天笑所著《衣食住行的百年变迁》一书中，有"食物奇名考"一节，收有"蟹壳黄"与"老虎脚爪"，现抄录于下：

蟹壳黄　烧饼的一种，中有葱油馅，中产阶层的食品。

老虎脚爪　此为儿童的食品，我在儿童时代颇嗜之，面制品，渗以糖，以象形得此名，现已绝迹了。

"蟹壳黄"这种烧饼，也是"以象形得此名"，它烘得蜡黄，形状大小如蟹壳。那时确有便宜的烧饼，有甜有咸。甜的做成圆形，咸的做成椭圆形，名字直截得很，像穷人家的孩子，甜的就叫"甜大饼"，咸的就叫"咸大饼"。我想起来了，咸的两分钱一只，甜的两分半钱一只。那时候物品标价带半分，我是写到这里才想起的。"蟹壳黄"也只有五分钱一只。吃五分钱一只的烧饼就是中产阶层，恍如隔世。

包老先生认为"老虎脚爪"现已绝迹，此话不确。此书著于七十年代左右，他已身在香港。或许他指的只是香港"老虎脚爪"绝迹，而苏州"老虎脚爪"还遍布小巷，只是不"渗以糖"，而渗以糖精了。八十年代初在市内绝迹一阶段，但在附近乡镇还能见到。最近城里由于环境保护得好的缘故？"老虎脚爪"重出江湖，在叶圣陶故居门口一声长啸，这里有家饼馒店所做的"老虎脚爪"最为出名。

前不久，我去趟徐州，吃到多种奇名食品，如"把子肉"，如"草鱼荷饼"，如"蛙鱼"。一个有奇名食品的城市必是一个有悠久历史文化的城市。卖"蛙鱼"的在小手推车上贴张小红纸，上书"蛙鱼"两字，只是"蛙鱼"既不是蛙，也不是鱼，绿豆粉做的，发着暗绿的烛光，仿佛竹影下穿条鱼的样子。与蛙唯一的联系是极其滑溜，与湿润的蛙皮差不多，我想勃莱会喜欢吃的。吃的时候要把铁皮调羹插到碗底，再慢慢挖上来。是不是应该写成"挖鱼"？但还是"蛙鱼"有趣。同为传统，土产就是比《论语》更容易让我接受些。

有些食品的名字极富诗意，特别在食单里。食单可与新诗同谈，相互补充，因为新诗在大部分时间里是反对这类诗意的。上面所引用过的《山家清供》中，就有几支小令，如"蓝田玉"，如"梅花脯"。蓝田玉只是把瓢切成寸长，蒸熟了蘸酱吃，有些"第三代"反崇高的味道。我在安徽吃过一道凉菜名"玻璃莴苣"，若改成"蓝田玉"，也是行得通的。而"梅花脯"呢，完全与梅花无关，"山栗橄榄薄切同拌加盐少许同食有梅花风韵"，有点像传说中金圣叹临杀头时授予儿子的秘诀：花生与五香豆同嚼，有火腿味。这秘诀我试过，花生与五香豆同嚼,就是花生与五香豆同嚼的味道。拟金圣叹口气,说与金圣叹:"夫花生与五香豆同食可也,若为火腿味必不可也。何也?物各有其性,何泯其本心!"我遇到过一位烧饭和尚,他说,给他一斤麻油,他能把菠菜炒出火腿味。我问:"你是出家人,怎知其味?"他答:"听人家说的。"

美食更是一份心境。即使吃开水淘饭,有了这一份心境,也是美食:宁静、清淡、虔敬。而食美呢,求之于灵霄之炙、红虬之脯、丹山之凤丸、醴水之朱鳖,还会觉得不够。

又:开水淘饭应淘冷饭,否则黏糊,不爽口。如用新茶淘饭,比如碧螺春,再佐以用直萝卜干——虽然这种吃法对胃有害,我能连吃两碗。

菜饭和炒饭

好久没吃菜饭。

菜饭，菜和饭一起煮，既是菜，又是饭，一举两得。

以前，我爱吃咸肉菜饭，吃的时候，再拌一坨脂油，看着脂油在热气腾腾的菜饭里融化，好像明晃晃池塘映照出周围的假山石和绿树。

手艺好的烧出菜饭，菜叶自始至终碧绿。而咸肉嫩红，盛在金边碗里，真个是春色满园。

我小时候只有吃菜饭，才吃得下满满一碗。

菜饭的菜，是青菜，菜叶连带着菜帮子，切成一条条一缕缕。

有时用莴苣叶烧菜饭，烧出的菜饭有股子怪味，我觉得像桑叶味道，不爱吃，我又不是蚕。

我小时候养蚕，知道桑叶味道。蚕越来越多，胃口也越来越大，没那么多桑叶，我就喂莴苣叶，刚开始它们会吃，吃了几口就坚决不吃。我觉得奇怪，莴苣叶味道很像桑叶，能吃桑叶，为什么就吃不得莴苣叶？

我最近觉得油麦菜味道也像桑叶，生吃还行——拌些麻酱，很香嫩，香是麻酱之香，嫩是油麦菜之嫩，而炒熟了吃，越吃越像在吃桑叶，一不小心就要吐出丝来，当代的丝绸之路从饭桌开始？骆驼呀，马呀，驴呀，骡呀，畜牲全有了。

油麦菜炒熟了吃，不管清炒，还是豆豉棱鱼，油麦菜都有桑叶味道。前几年我买到假冒贡菜的莴苣干，也是这味道。我不爱吃带有桑叶味道的植物，农桑之心，不与蚕争食。我是古代诗人。

菜饭冷了，就不好吃，把它泡粥，但并不叫它菜粥。菜粥是另外一种东西，以后再说。

那时候（二十世纪六七十年代），没钱，却把生活过得像生活，即使烧菜饭，也如此认真，实在不浮躁。我不怀旧，我记得的是认真和不浮躁心境。乱世之中，中国人还能有认真和不浮躁心境（看看我祖母和姑祖母），回忆起来，大为感动。这种感动是感官色彩的。

现在菜饭百花争艳，不仅仅青菜饭或咸肉青菜饭或莴苣叶菜饭这几种了。有咸鱼菜饭，有腊肉菜饭，有香肠菜饭，有烤鸭菜饭，有风鹅菜饭。还有，还有鲍鱼菜饭，我没吃过，不知道是怎么一回事。

新疆手抓饭，也是菜饭一种。有位锡伯族诗人，他烧过几次手抓饭，好吃，记得饭里有胡萝卜、葡萄干。羊肉和洋葱当然更是少不了的。有位拍纪录片的朋友，从小在新疆长大，他几次说，来吃抓饭。他把手抓饭说成抓饭。但他每次请客，都在馆子里，所以我至今不知道他在抓饭方面的真才实学。

菜和大米在共同时间段焖熟的，是菜饭。

大米饭先烧好了，吃的时候再和菜一起炒，是炒饭。

炒饭中最有名的，是扬州炒饭吧，米饭鸡蛋一台戏，并且还有了新姓名（鸡蛋是"金"，米饭是"银"），也就是"金包银"和"银包金"。"金包银"即鸡蛋裹住米饭，"银包金"即米饭鸡蛋各有打算。"银包金"其实是"银镶金"。

不管扬州炒饭，还是其他什么炒饭，用来作炒饭的米饭一定要隔夜，俗称"隔夜饭"。因为"隔夜饭"米粒耿直，炒的时候才能炒香、炒松。

贵州辣椒炒饭，我不是上火的话，可以天天吃一碗。我改良过的辣椒炒饭，香在辣先。

我还能炒五味炒饭。

酒酿闲话

春天的美妙,在于它尺度很宽:紧一紧,仿佛初秋;松一松,就仲夏一般了。有时候晚上出门,突遭急雨,浑身湿淋淋,如饮着一杯冷茶——在这春天的晚上,完全是初秋感觉;而中午走在阳光强烈的大街上,恍如身处仲夏,人有点软绵绵、懒洋洋,像酒酿似的。

这本来就是一个酒酿上市的季节。

我喜欢酒酿。它软绵绵、懒洋洋、甜滋滋、白了了的样子,好像西洋古典绘画中的贵妇人——也如在我们生活中出现过的一些女子,只可远望,不能近交。她们太醉人了,让我们无所适从,吃多酒酿一样。所以我喜欢酒酿,并不喜欢吃酒酿。

客居南京,每逢听到楼下响起竹梆声音,我就下楼买上一碗酒酿。南京酒酿小贩是敲竹梆的,敲得很好听。当我返回楼上,看着碗中的酒酿,一块雪欲融未融,竹梆的声音还没有消失,隐隐地传来,仿佛游丝。这刹那间,南京作为异乡的形象消失了、退隐了,仿佛家园展开面前,安慰一个"天地之过客"了。

在苏州,我从没见过卖酒酿的小贩。酒酿一般都在粮店出售,装在一只又一只塑料盒里,两斤一盒:从流水线上下来的某种零件。我还是买一斤回家(买一斤的话,售货员用块木片在盒子中间一拉,然后用木片一捞,接着一挑,随即一抖,整齐划一的一块酒酿,干净利落地跳到你递给她的碗中。那时去买酒酿,要自己带碗,保鲜袋还没流行。没带碗的,售货员觉得陌生,不会把塑料盒借你。和售货员面熟陌生的,可以借用塑料盒,付上两元钱押金。通常在你走出粮店大门之际,售货员会大声叮嘱一句:"马上送回来呵,盒子不够用。"),准备制作"糊酒"。

我曾经搭乘长江上的一支驳船队去湖南,看看内河水手的生活。船泊武汉,他们请我上岸吃"糊酒",至今我还不清楚"糊酒"是怎么一回事,凭感觉里面肯定有酒酿"因素"。这是很多年前的事了,很多年后,那天我正在写作,写了几句,忽然想起江上大风,想起武汉"糊酒"——我的写作常常被我的回忆打断——心想这季节酒酿该上市了,于是我就去粮店买酒酿。回家后躲进厨房,兑水,加糖,掺酒,调粉,反复实践,一番摸索,"糊酒"几乎制成了,这就是"糊酒"吗?我一边喝着,一边怀疑。

古代文论曰:"文饭诗酒"。

那么酒酿,它是什么呢?酒酿既有饭的形式,又有酒的意味,姑妄言之"以文为诗"吧。

而酒酿露或许是可以被看作"诗酒"之"诗"的,说实话,我喜欢喝——它比饮料天真。

糖

知道我是苏州人,有人会说,苏州人烧菜,真甜!听他口气,这像是苏州人的罪过。我辩解道:"不甜。"后来吃川菜,我说辣,座中的四川人说不辣。我这才悟到苏州人烧菜,的确真甜。嗜甜者反而是对糖的丧失。

我不知道是不是每个孩子都爱吃糖,我小时候是很喜欢甜迷迷的。大概受了祖母影响。一般来讲,咳嗽时不宜吃糖,我祖母咳嗽时照吃不误。这时她吃一种绿茵茵的糖——粽子糖。凉凉的,祖母说止咳。

粽子糖在苏州已有很长历史,据说明代就有手艺人制造,摆个糖果摊在观前街。这个手艺人姓谢,大家觉得好吃,他就自称谢家糖。谢家糖的样子像粽子——世事每每如此,吃水的常常忘了挖井的——时间一长,老谢被人忘得精光,粽子糖粽子糖被叫了开来。

从明代到现在,粽子糖还保存着最初的工艺,比昆剧地道。看在这个份上，就会对手艺人竖起手指，甜啊！粽子糖有三个品种，也就是三色三味（记忆有误，应该是四色四味，还有一种松仁粽子糖。二零一二年三月二日，傍晚，老车自注）。一种是绿茵茵的，薄荷的味道；一种是玫瑰红的，玫瑰的味道；一种是糖的原色原味。那时，我最爱吃玫瑰粽子糖，既好它的味道，更好它的颜色。小小年纪，食色就任性了。这三个品种粽子糖，各有其名：绿的，祖母叫薄荷粽子糖；红的，祖母叫玫瑰粽子糖（记忆有误，祖母叫玫酱粽子糖，玫瑰酱的简称。二零一二年四月四日，下午，老车自注）；原色原味的，名字也跟着简单，就叫粽子糖。

说到粽子，想起一个说法。有人说苏州人吃粽子，并不是纪念投江的屈原，只是缅怀过关的伍子胥。反正吃粽子和一个人有关系，这点较为确凿。

其实小时候最爱吃的是饴糖。其实不是吃，是玩。卖饴糖的用两根竹签从饭盒里挑出一坨饴糖，硬硬的，搅软给我们。我们接着搅，可以搅上大半天。孔已己上大人觉得我们在搅混水，我们以为在做一件国家大事。好像大炼钢铁，炼得绕指柔。硬硬的饴糖柔得仿佛屋顶上的烟囱冒出炊烟，闻到饭香，我们就吃掉饴糖。肚子饿了。

那个时候，我们容易饥饿，所以就很馋。也就很节约——会把一颗糖咬成两半，上午吃一半，下午吃一半。我在那个时候吃过的一种糖，现在肯定吃不到了，是吃不到这样的包装：玻璃纸上，印着舞剧《红色娘子军》的彩色小人,好看。那时包装糖果的糖纸有两种,一种俗称上光纸,一种俗称塑料纸。我们把塑料纸叫玻璃纸——彩色小人在玻璃纸上跳舞,跳到暑假结束。而桥头,夏天的糖果店,怕糖果烊掉,售货员都把糖果藏到哪里去了?这是我童年的哲学问题。

粽子糖是苏式糖果中的代表作,印象里还有五香烂白糖,糖是菱形的,用非常粗拙的纸包成一小包,这种纸有十分疲惫的神色。五香烂白糖之所以我对它印象深刻,是因为我一直不知道准确写法。现在,我只是偶尔吃点巧克力,基本不吃糖,有人说巧克力不是糖,说得好。但有一种糖我见到了,还会买一点吃吃。那就是棉花糖。一元钱能买一大捧,有时候捧在手里,一阵风吹跑它——尽管棉花糖像泡沫经济——但棉花糖的形象的确美丽。

路边,转棉花糖的机器洋溢着早期工业社会浮想联翩的气息。最近一次,我买十元钱棉花糖,我以为我会像全身打足肥皂鼓满泡沫,不料棉花糖已涨价了。于是它的形象——但我忍不住还会再买一点吃吃。

热爱甜食的人

朋友里热爱甜食的人不少,印象深的一个是颜峻,一个是莫非。饭吃到最后,大家都饱饱的,只要上甜食,我和他们还能继续吃。西点中的甜食我不爱,往往有奶油味,杀了纯粹之甜。法国国庆那天,我在法国大使馆吃到不少甜食,最多的是塔,我现在却一点也说不上来。饮食的隔膜超过语言之墙。我在墙上画地球,它的皮是软的,馅是甜的。

热爱甜食的人,是勇敢的,当然不热爱甜食的人,也没有证据说他们胆怯。"譬如食蜜,中边皆甜",这是何等敏锐的舌头。能在一滴蜜里分出中间的甜、边缘的甜,我就办不到。大智慧家都是大美食家。我们凡夫俗子以甜为食——苦中作乐。乐极生悲毕竟是少数人的事业。

吃甜食要慢慢吃,吃得专心。吃急了,血糖上升就快,热量无法消耗,停留在体内转变成脂肪。前几天读报,报上说甜食能稳定情绪,比如在情绪恶劣时要吃巧克力。我是喜欢巧克力的,即使情绪并不恶劣,但我又不把巧克力当甜食。在我看来,甜食首先要软,甜食是甜软之食的简称。一家之言,姑妄言之。

有西方人曰:"女人像甜食,隐藏着不同层面,一场永远捉摸不定的角色游戏,一如变化莫测的甜食,不知道下一口是什么味道。"在他那里,甜食有不同的味,而在我心中,甜食就是甜,但"变化莫测"这说得对,好的甜食有层次感,像中国墨,墨在八大山人和石涛这些绘画大师手下,能五彩缤纷。

糯米藕算不算甜食呢?记得我曾经在秦淮河边,深秋夜,瑟瑟吃糯米藕,遇到一帮熟悉的男女走来,他们正热气腾腾地咬着冰淇淋。这里面有冷暖。

写过一首《埃及软糖》的诗。这是我吃过最甜的糖,它是有情感的,甜在这种软糖里就成情感。细腻,无渣滓,清爽,小小的一盒拿在手里,竟然很重。那时候正是冬夜,江南的冬夜是很难熬的,窗外的雪下成冰冻黄梅雨,我含化一块埃及软糖,随手翻过几页图书。甜而清爽,也是交友之道。

埃及软糖简直不像糖果,像甜食。

我从不把糖果算在甜食。甜食甜食,我也从不去定义甜食,但就是不把糖果算在甜食。还有蜜饯——蜜饯的品位越来越庸俗了。由于近年制造商偷工减料、急功近利和乱使添加剂,蜜饯名誉扫地。

以前蜜饯青梅是贡品，现在是垃圾食品。据我所知，一些手艺并没失传，因为不是暴利，就被当代人忽略。

埃及人嗜甜，我向埃及人此致敬礼。

糖果是糖，不是甜；蜜饯是蜜，不是甜。甜只存在于我向往的甜食之中，几乎是乌托邦。

糖果是糖，不是甜，埃及软糖除外。我把埃及软糖看做甜食：它不是规则的，在一只小纸盒里，却像古典园林里的铺地那样整整齐齐。我看到埃及人伟大的伦理。

埃及软糖甜得有伦理。

点　心

在《北京的茶食》一文中，知堂老人感叹道："我在北京彷徨了十年，终未曾吃到好点心。"看来知堂老人运气不佳。或者口味不同。也许，是对我提个醒：精致的生活已远，我在粗鄙的日子里并不自觉——因为我在北京近两年，就吃到了好点心。

豌豆黄就是一种。色泽黄澄澄的，沉着，也轻灵，一对矛盾在它身上处理得很好，像苏东坡的书法，沉着之处，自有一股轻灵气息。旧话说东坡书法"绵里藏针"，这"绵"与"针"，就是矛盾，软硬一对反义词，其实也就是虚实。沉着是实，轻灵是虚。我想，凡好点心总是虚虚实实的，而它的色泽首先又很诱人。点心的色泽不能诱人，就像风情欠缺，终究隔一层。

我在北京城里吃豌豆黄，觉得如睹前朝故物，恍恍兮隔世之感。一位没落王爷，酒醉后唱起了《让徐州》。它还剩有些富贵气。这富贵气又雅致，真是难得。有风情，还有学问。豌豆黄品质酥软，犹鸭头新绿，柳梢嫩金。它是味美的。

豌豆黄的味美，美就美在没什么味道，或者说味道很淡。一入口，一缕香气沁人心脾，而这沁人香气，正是因为味淡，香气渐浓。

人淡意长，人淡泊了，才意味深长。味淡香浓，清淡的食品，才品得出它的香——本身的香。急于求成的阅读，使一个人本性顿失；而廉价香水，淹没了年少的体香。

北京还有种点心，名字特别好，叫"驴打滚"。据说它与豌豆黄一样，都是清真食品。

知堂老人那个时代的北京，还有串街走巷叫卖糕点的，一串子糕点名叫下来，耳生的不知道在吆喝什么。坐在苦茶庵里的知堂老人，听了会不免起出点悠悠乡思的罢。

人生大概如此，在外地，会觉得家乡的食物好吃；在家乡，会觉得童年的食物好吃。而我是个好吃者，只要是食物，总有它的美妙处，有时候觉得不好吃，无非是自己理解力还没有到达。

一个热爱食物的人，是没有家乡，也没有童年的。确切地讲，或许是一个热爱食物的人，必定心怀感激，因为有这么多好东西可吃。

饸 饹

人之初,性本善,因为还没多吃五谷杂粮。吃多了,不一定不善,但人性肯定是不单一了。善没什么了不起,不单一却是好东西。饮食使人性丰富。一个北方人到南方去生活几年,饮饮那里风水;一个南方人到北方去生活几年,食食那里风土,于人性肯定大有益处。见多识广之后,通达的机会会多。一旦通达,向善是很自然的事情。丰富是最大的善。人之末,性复善,又是因为多吃了五谷杂粮。圣人教导我们要多识草木鸟兽之名,我教导自己多吃各种土特产。

吃是学习,吃也是受教育。

爱吃的人,大概不会是历史虚无主义者:我吃饸饹,想起鸿门宴。

在壶口,蹲在岸边的棘草乱石中,吃饸饹,沉甸甸的大粗瓷碗,酱油色的,像民谣中的老手。而饸饹绿幽幽,透着倔强劲,实在,憨厚。甚至是笨拙的。如果把饸饹说成拙重,似乎更确切。饸饹是大食品,大散文,大家,有巍巍汉风。这是外观上给我的感觉。吃上一口,更掂量到内功深厚。饸饹是大师，像我知道的艺术大师。

艺术大师，壶口下的一碗饸饹。

没吃饸饹前，想象它是纯白的。因为它用荞麦面做成。

荞麦，一年生草本植物，茎略带红色，叶互生，三角状心脏型，有长柄，总状花序，花白色或淡粉红色，瘦果三角形，有棱，子实磨成粉供食用。

抄书抄来的荞麦，在我记忆里，它简直就是纯白的象征。这完全是白居易一首诗带给我的错觉。少年时读过，只记得大概了，叫《村居》还是《村居野望》还是《村居夜寒》，也许都不是，反正是一首七言绝句，第一句就打动我，可惜不记得。第二三句也很好，又没记住。只记住"月明荞麦花如霜"，也不知道是不是就是白居易的句子。想查一下作品集，我猛然发现，书架上竟没有这一位大众诗人。我开始慢慢地回忆，白居易这一首诗写于丁忧期间吧。荞麦花是伤心的，饸饹自然也就不免苦涩。

卖饸饹的人，推着一辆车子，呼啸的大风，咆哮的瀑布。这时刻，卖饸饹的人是黄河边最有气势的人。也说不定是黄河边最有想象力的人：推着饸饹车，像开着汽车架着摩托一样，飞黄——腾达过了黄河。

我捧着粗瓷大碗,在咆哮的瀑布下吃饸饹,水花打到脸上,这是平生吃得最惊心动魄的一次。风花雪月是美食的环境,惊涛骇浪也是美食的环境。不由得,想起鸿门宴。鸿门也在陕西境内,鸿门宴上,项羽刘邦也吃饸饹了吗?司马迁没有写,只写项羽给了樊哙一只猪腿,樊哙接过,拔出剑来,一片片削着吃。这猪腿是生的。这一段,"鸿门宴"中最为生动,也最具体,因为写到吃。也好像只有樊哙一个人在吃,其他人正忙于斗争。其实樊哙的吃也是斗争。其他人暗斗,樊哙是明争。尤其生猪腿,更是一个绝妙的细节(引得后人众说纷纭),司马迁写来似乎不着力气,但显露出他盖世的才气。《史记》的好看,就是其中多有"生猪腿"。

饸饹,据说也可写作"河漏",因为生产饸饹的工具,底部是漏的。以此为一种食品名字,我觉得有趣,但却不愿这样写它。因为失了仁爱之心:河漏,不就是说决堤?黄河边的人是决不会如此使用的,黄河边是出圣人的地方。即使现在出不了圣人,圣徒好像还是有的。不管自封还是他封,无所谓。这是传统噢。

有人站在黄河边,说:"黄河流土。"

有人站在黄河边,说:"黄河流火。"

我现在远离黄河,我说:"黄河流饸饹。"

我已有十余年没吃到饸饹了,忆饸饹,如忆故人。

长板凳上吃藕粉

天下西湖有多个,最著名的是杭州西湖。杭州西湖到底有多美,我看也未必。杭州西湖其实是文化湖、名人湖。一个苏东坡就很了不得,再说还有白居易。

苏堤现在铺层柏油,像穿着长衫,在长衫外面又打条领带。

西湖一袭长衫,蓝布的。很平淡,但很味道。西湖的味道就在于平淡上。它不像安徽黄山以奇奇怪怪而引人入胜。西湖是平平淡淡的,如家常便饭。旅游的人喜欢吃大餐。爬黄山就像吃大餐。吃大餐规矩多,挺累的。所以从黄山上下来连接着游西湖,就很好,这叫吃完大餐吃家常便饭。把家常便饭吃出个好来,才叫功夫,"曾经沧海难为水,除却巫山不是云",这是家常便饭的境界。

安徽和浙江完全可以联合开发旅游,名字我都给他们想好了,叫"山水记"。这个名字太雅,不如叫"有山有水一锅煮",或者"山水乱炖",多气派。

在西湖边，我就想吃藕粉。西湖藕粉有名。"上有天堂，下有苏杭"，同为天堂，苏州也产藕，却很少吃藕粉。我不知道藕粉历史有多长，说到历史，我们爱往长里说，我们有历史"恐短症"，仿佛菲茨杰拉德。我总认为藕粉的历史不会很长，是南宋人发明的。南宋这个小可怜，饮食史上倒是个大人物，它把黄河流域的面食规模空前地带到江南。藕粉是南宋的江南人受到北方面食影响——北方人以麦为面，江南麦子少，荷花多，就以藕为面了。藕是污泥中的麦子，藕断丝连，连的就是麦子。

我曾在西湖边吃到过一回好藕粉，坐在凉亭外面，看着湖，吃藕粉。藕粉冲调在青花碗里，碗不大，能被只手包住。

最好玩的是凉亭外的长板凳，真长。我从没见过这么长这么长的长板凳，长得就像一列火车。

我坐在长板凳上吃藕粉，火车一直开进湖中。

最近我又在西湖边吃了回藕粉，是在湖心亭上。湖心亭像只救生船，大家游西湖，好像不是租船而游，都在西湖里游泳，要横渡西湖，结果体力不支，个个爬上救生船——湖心亭上全是气喘吁吁的人。我也气喘吁吁，吃着藕粉。这次，我是托着一次性泡沫碗，像托着瓶浆糊，不，比浆糊更稀。比浆糊更稀的是胶水。

我在湖心亭上与妻子各吃一碗热胶水。

但这并不妨碍我们游湖兴致，因为有备而来。

山西的面食

灌肠也是山西面食，与北京不同，不同在哪里，我一时又说不出。端上来，我不认识。山西人说，"这是灌肠。"我就找清水蒜泥（北京吃法），没有，我看到山西人笑蘸老陈醋，这是不是山西灌肠的正宗吃法，我也不知道。山西人爱醋，有一年我请山西朋友吃饭，扬州炒饭里他都要搁醋，把我镇住了。

有据可查的面食在山西近三百种，这是我从书上看到的。我在大同，大同朋友说，三百种？不止不止，你如果在大同，一天吃一种面食，住一年也吃不完。不管是不是真这样，也把我镇住了。

山西人的日常面食有这几类，蒸制面食、煮制面食、炸制面食和烹制面食。

玉米面窝窝是最普通的主食，晋南晋中一带产麦区则多吃馒头，馒头又分为圆馒、花卷、刀切馍、枣馍、麦芽馍、硬面馍、石榴馍，石榴馍这名字多好，可惜没吃过。近来我喜欢画石榴，我能把石榴画得像一张张笑脸，说明我何其灿烂。枣馍我吃过，有很大大咧咧的香，被切成一片片的，我连吃三片。我的食量不大，连吃三片枣馍在我也是壮举，不怕你们笑话。杂粮蒸食有晋北晋中吕梁的莜面栲栳，以前我吃过，现在我难忘。但这次在山西我竟然没吃到蒸食的莜面栲栳，都是烹制的，是莜面栲栳炒羊肉，味道太多，一车兵器不如赤手空拳。以前的蒸栲栳，赤手空拳，不吵不闹，两袖清风，安详朴素。做栲栳的面是烫面，一大块面团放在她手背上，看得我眼花缭乱，最后只见食指一挑一卷，一个个栲栳便整整齐齐码放在竹笼中。我还吃过形状怪异的一种面食，以为是"蝴蝶"，牛汉先生告诉我："这是佛手。"牛汉先生是山西人，阿弥陀佛。

　　我还是没吃到高粱面鱼鱼。高粱面鱼鱼，这在晋北的忻州、定襄、五台、原平、代县一带是家常饭。主妇们将和好的面挤成枣子大小，两手同时从大案两头搓起，就游出条条小鱼来了。几年前与所同兄在馆子里吃饭，他说饭店里的饭真不好吃，什么时候我请你吃高粱面鱼鱼。姚大哥请傅山吃饭，傅山着急，心想不知道吃到还是吃不到。我这次到山西，先去顿村（属忻州地区），说是傅山故里。我很喜欢傅山书法，他有时候写得极好，有时候写得极差，这样才有意思，这样才有看头。

　　傅山书法，让我想起刀削面，飞刀之下面条如流星落地，鱼跳龙门。刀削面高手每分钟削一百一十八刀，每小时削五十斤湿面团，

傅山的行笔或许也是迅疾的,因为他喜欢湿墨,不迅疾难免墨猪。有关刀削面,有这样的顺口溜:

> 一叶落锅一叶飘,
> 一叶离面又出刀,
> 银鱼落水翻白浪,
> 柳叶乘风下树梢。

这顺口溜借来形容傅山书法风格,也十分顺溜。我把这刀削面的顺口溜说给学习傅山书法的朋友听,老须大叫,说:"这是秘诀啊,不能外传。"

刀削面属于煮制面食。山西的煮制面食极为丰富,因其制作方便,又可汤菜结合,方便实惠。面条类还有扯面、龙须面、刀拨面、包皮皮。而烹制面食,好像宾馆饭店里这一类作品不少,面食细作,下酒下饭。

上次在平遥,我吃水煎包。

此次在顿村,我吃油糕。顿村这几年开发温泉,游人不少。那天中午我吃了一块油糕,就油乎乎向元好问墓园而去。元好问家族墓园有七座坟墓,布阵为北斗七星的模样,野草如狂云。

豆汁及其他

豆汁，我爱吃。不爱吃的人，说是吃泔脚水。豆汁有点微绿，回味也是微绿的，有一种夏夜草香。

豆汁是怀旧的，当你觉得它有一种夏夜草香，就尤其适合冬天吃了。在胡同小馆里，挑一张靠窗桌子坐下，边晒太阳边啜豆汁，一大碗，再来一大碗，豆汁与茶，都要吃烫。

啜豆汁，就焦圈，就咸疙瘩，这是传统。我在传统之外，喜欢清啜，这时的豆汁不依不傍，一意孤行，才有微绿的回味——

夏夜的草，没有月亮，更香。

焦圈总会让我想起馓子，馓子的局部和馓子的味道。

淮阴馓子很有名，当地人叫茶馓，我少年时期以为它用茶水和面，觉得神秘——觉得茶馓这个叫法神秘。不是这么一回事。

苏北的女人做月子，就用开水泡茶馓，再搁一大勺红糖，以为大补。

在北京，馓子属于清真小吃。

在北京，小吃大都是清真的。

馓子的媳妇是麻花。

馓子条缕清晰，心眼细；麻花却粗枝大叶。麻花在门楼前筷子一敲捧着的海碗口，一声大吼：

"馓子，还不回家吃炸酱面！"

北京的炸酱面，好吃，葱白在炸酱与面之间，一嚼，透着股勃勃生气。萝卜丝，我在北京吃了七八年炸酱面，在炸酱面馆从没吃到好的萝卜丝，都是糠的。糠萝卜便宜。

葱白、萝卜丝、青豆、豆芽菜，这些都跑龙套，有了这些龙套，炸酱面这出戏才叫戏。

与老北京闲聊，才知道爱窝窝以往不是一年四季都有，只在农历新年前后，饽饽铺才卖这种食品（饽饽是北京人对面制点心的称呼，因此北京点心食品店旧称饽饽铺。客人来了，要摆饽饽、煮饽饽，煮饽饽也就是煮水饺），但爱窝窝能卖到夏末秋初，差不多卖三季。"以糯米夹芝麻为凉糕，丸而馅之为窝窝，即古之'不落夹'是也"，明朝太监刘若愚《酌中志》所说，可见这种食品有一阶段称之为窝窝，后来得名艾窝窝、爱窝窝，不知道凭什么？我打听到若干传说，有一种传说是串街走巷卖窝窝的，这么吆喝：

"唉，窝窝！"

时间一长，唉成爱：唉，窝窝！成了爱窝窝；唉，姑娘！成了爱姑娘；唉，祖国！成了爱祖国。

爱窝窝之名颇为离奇，我对它的制作就不放过蛛丝马迹，具体做法是：糯米洗净泡浸，尔后入笼熟蒸，晾凉之后揉匀，小块揪吧揪成，圆皮摁吧摁成，包上青梅桃仁、京糕芝麻瓜仁、白糖拌和馅心，爱窝窝唉搭成。因为外皮早熟，内馅事先炒成，立马就能食用。

我近来爱窝窝少吃了，牙不好。我太爱甜食了，牙首先站出来反对。

有一种酸枣汤，我从没喝过。旧京城郊野随处可见小酸枣树，农民称它为酸枣棵子。夏末初秋，直到冬季，都有酸枣满挂枝头，采来既可吃着玩儿，又可在来年三伏熬成汤喝着玩儿。"酸枣儿酸，酸枣儿酸，酸枣儿熬汤解渴、治病不花钱。"

我在北京七八年，没见过酸枣，当然也喝不成酸枣汤，但我吃过炒红果，炒红果可以说是酸枣汤的表姐。

奶饽饽及其他

我在《豆汁及其他》里写道：

"饽饽是北京人对面制点心的称呼。"

与此也就知道，奶饽饽是北京人对乳制点心称呼。

奶饽饽大小如半张扑克牌，可能没这么大，哪天我一定要用尺子量量。它的厚度，一个指甲盖那么长。我在店里吃奶饽饽，小圆桌，对面坐着位妙龄少女，她拿起奶饽饽一小口咬下去的瞬间，我发现奶饽饽的厚度与她洋红指甲盖的长度基本接近。所以我对奶饽饽的厚度，只有洋红指甲的印象。

我住的那条街街口，有两家店，经过之际，总会起一点吃心。这两家店门神似的，一左一右。冬天时候，我会去右手里的店——对了，我分不清东南西北——右手里的店是"馄饨侯"，我会去那里吃一碗红油馄饨。旧时江南没有红油馄饨，我舌头的记忆库里也就缺乏参照系数，于是不那么挑剔。人对点心挑剔，据我观察，超过对菜肴的挑剔。人的口感在童年形成,在童年,去点心店的机会总比下馆子的机会多,这就形成口感的味觉的思维定式,所以尤其体现在对点心的态度上。口感和味觉是一种态度——我有时候还会认为是文化态度和文化立场。我用口感和味觉反对后殖民化反对全球化。当然,我也会用口感和味觉反对国家主义民族主义地方主义写实主义。口感和味觉是宇宙间的抽象精神,美食是这种抽象精神在人世间的载体。冬天时候,我去"馄饨侯"吃红油馄饨,吃到身上出汗,也就心满意足。不仅仅心满意足,简直可以说喜悦。

"馄饨侯"的红油馄饨,像沙皮狗皱皱的鼻子在长安街劳动人民文化宫一带红墙下嗅过,蹭着翠柏的香。有一次我觉得红油馄饨汤水上漂着的芫荽,有翠柏的香,真是见鬼,不,出神了。

而夏天我常会去左手里的店——"三元梅园"吃松仁奶酪。松仁奶酪装在小白碗,白皮嫩肤小圆脸一般,煞是可爱。每碗松仁奶酪上搁着两粒松仁,金黄,淘气,像小圆脸上咯咯笑的雀斑。我喜欢有雀斑的脸,性感。松仁奶酪用行话来讲,就是"水酪"。还有一种"干酪",我以前买它,叫它"奶渣",昨天才知道大名,吓我一跳,大名是"宫廷奶酪干"。为了表示歉意和补偿,我决定下次再去"三元梅园"买"宫廷奶酪干"的话,我叫它"奶妈",或者"干妈"。

"宫廷奶酪干"色如琥珀,形似胡桃——剥好的胡桃仁。我曾在燕丰商场食品柜台见到"椒盐桃仁"（"桃仁"是"胡桃仁"的简称）之类的食物，误以为"奶渣"，就对售货小姐说：

"给我来一盒奶渣。"

售货小姐听了半天也没明白，因为她只知道"人渣"。

下雪那天，我喝一下午普洱茶，心头热乎乎，也有些饿，就去"三元梅园"吃点心。吃块奶饽饽，意犹未尽，又要碗松仁奶酪，这才知道，松仁奶酪在冬天吃，品质更高，那种凉，凉得清洁，凉得丰腴。

苦 笋

笋是有些苦,但苦得清且远。这笋,已寻常见不到——吃不到了。

多年以前,去绍兴、杭州旅游,在西湖边"楼外楼"吃饭,点了些菜,每道菜里都有笋片,像邻座一位少壮饮酒者,说句话,都有个话搭头,也就是口头禅。杭州笋片,无味得很,唉,多年以前。

但绍兴却是个好地方。绍兴山水,有苦笋味,只是这味苦得远且沉。沉闷,所以才有徐渭的猿啼,鲁迅的呐喊。一方水土养一方人,绍兴能养苦心。

绍兴是个好地方,我吃不了苦,就只去过一次。但我喜欢忆苦——苦是房子外面吹在瓦上的风声。

薄荷小院

我有一张薄荷知识卡片:"茎直立或基部平卧","叶片卵形或长圆形","顶端短尖或稍钝,基部楔形,边缘有尖锯齿","苞片披针形至线状披针形","边缘有毛","花冠青紫色","雄蕊伸出花冠外","生于水旁潮湿地","夏季采枝叶,可提取薄荷脑和薄荷油;全草入药,疏散风热,清利头目"。

我是认识薄荷的,自从有这一张薄荷知识卡片后,反而不认识了。

于是我怀念薄荷小院。

童年时候,家里有一个小院,平时不常去,位置很偏,只有一间小屋,小得好像旅行者遗失的一件行李。据说以前堆放柴禾。小屋前面有口水井,小屋后面,种满薄荷。

薄荷们仿佛一个班的女生都穿着绿裙,一起蹲下身来,把绿裙有一搭没一搭地往上兜起。

那时候不懂薄荷可以凉拌了吃。只是摘几片泡浸白开水，用来解暑。

喜欢上凉拌薄荷，又找不到薄荷了。我现在居住六楼，去哪里种薄荷？

薄荷女生啊，薄荷表妹啊，再见！

凉拌一堆薄荷女生，凉拌几个薄荷表妹，青春或许回来，青春即使不回来，绿舌头回来。凉凉的绿舌头回来。

薄荷知识卡片里说薄荷分布于河北、山西、甘肃、山东、湖北、四川、浙江、福建、广东、云南，没说到江苏。难道我童年小院里不是薄荷，那是什么？空茫，空茫，如果不是薄荷，又哪来薄荷女生和薄荷表妹？

我想这是庸众忌才、有意抹煞，薄荷又名"苏薄荷"，意思就是江苏产的薄荷质量最好，像淮山药和川贝母那样。

有人让我不要自作多情，说"苏薄荷"是"苏格兰薄荷"。我说是"苏联薄荷"吧，尽管已经解体。

"苏薄荷"如果真不是江苏产薄荷的意思，也好，清凉的感觉在云南。

为什么在云南？云南我没去过。因为云南有我早听说的薄荷狗肉。

朋友相聚，吃饭，喝酒，云南的画家说：

"我们的薄荷狗肉别有风味。"

我从不吃狗肉,我爸属狗。我也从不吃兔肉,我和一九六三年的人们属兔。有人要请我吃兔脑壳,我逃走了。我虽然不吃狗肉,但我想知道薄荷狗肉的风味别有何处,只是没等我请教,安徽诗人(那天好像是梁小斌)说:

"烧鸡才是一绝。"

不知道什么人接着说:

"烧鸡我吃过,比不上俺老家的猪头肉。"

从薄荷狗肉到猪头肉,万水千山。猪头肉是扬州人烧得好,见李斗《扬州画舫录》,可惜时代离我太远,我吃过最好的猪头肉是苏州乡下人烧的猪头肉,名不见经传,却真有手段。

其实烧狗肉用薄荷,不仅仅云南人,贵州人烧狗肉也用薄荷。贵州的盘江狗肉,涮汤里非下薄荷不可,不下薄荷,你吃了可以不付钱。据说薄荷在云贵地区有个十分奇怪的名字,叫"狗肉香",就是烧狗肉没薄荷不香。到底是不是这样,我也不知道。

薄荷狗肉我不吃,凉拌薄荷又不能多吃,凉拌薄荷的口感很凶险。我想等我找到薄荷,模仿日本料理"天妇罗"的样子,油炸着吃,怎样?

故乡的野菜

这是一个好题目，所以也想拿来做做。只是故乡的野菜，他乡也有。野菜是没有故乡的。只不过这种野菜故乡人吃，他乡人未必就吃。就像他乡人吃的，我的故乡人不一定有胃口。贵州人吃鱼腥草，你让我的故乡人吃吃看，我想十个人中有九个人你是打死他也不吃。说到鱼腥草，我只得更正上面"野菜是没有故乡的"说法，野菜怎么会没有故乡呢？因为我的故乡就没有鱼腥草，由此看来，即做命贱如野菜者，也不是没有家园。

我的故乡吃枸杞头，也就是枸杞枝杪上的嫩叶，不知道其他地方的人吃不吃。前两年我还去乡下摘过，骑了一天车，摘到手不足半斤。让我儿子的干娘趁鲜炒给我吃，她就住在乡下。我儿子体弱，认位干娘，据说命可以硬些。剔除它的迷信色彩，其中有人情世事的微红暖意。

我的父亲极爱吃枸杞头，胜过我。我总觉得枸杞头虽然味道清苦,其味还是薄弱,贫寒了一点。清苦总是和贫寒挂靠一起。

但也不一定,马兰头也清苦,它清苦的味道停留舌尖上的感觉,却很丰裕。马兰头是著作《红楼梦》时的曹雪芹,"穷归穷,家里还有三担铜"。马兰头的味道,富贵烟消云散后的一声叹息,不见得疼痛,更多怅然。我说的是作为野菜的马兰头。现在马兰头多从大棚里出来,嫩绿嫩绿的,颜色是好看了,却没有马兰头味道。野生马兰头,叶片的颜色乌绿,看不见火气,如要画它,需要在调出的汁绿里加点墨色。

野生马兰头,偶尔能从挑担上城的农民那里买到一些,拖泥带水,价钱比肉贵。碰巧,还能买到野生荠菜。荠菜的老头最香。格言曰"咬得菜根",如咬的是荠菜根,那我也愿意。

紫云英,我的故乡人也吃。有些地方是喂猪的,或作肥料。故乡人把紫云英喊作"红花郎",像考中状元,簪红花乘马徐行的美少年。"红花郎",这名字多美,像我这篇文章的题目。这个题目,我从周作人文集里拿来,周作人有许多好题目,哪天我又不知天高地厚了,会再拿几个题目来写。

南京的芦蒿,也是野菜,只是老早人工培育哉,吃在嘴里,像吃一根根绿塑料管子。要不了几年,野菜都会被教化为家蔬。那个时候,是真的没有故乡了,也没有野菜,反正都从大棚里出来。人也会像一垄又一垄蔬菜在塑料薄膜下悄无声息地成长。

说白了

说白了，有一阶段我青睐于白，白吃许多饭，看人也是白眼的时候多。以至白茶这一个名字真好，一听到，就好。只是我没有喝过白茶里的代表作，终于说不出好处。

茶有六七类，白茶其中一类，指微发酵的茶。按照发酵等级，是等级吗？绿茶是不发酵的茶，白茶是微发酵的茶，黄茶是轻发酵的茶，青茶是半发酵的茶，青茶也就是人们常说的乌龙茶，红茶是全发酵的茶，黑茶是后发酵的茶。据说普洱茶以前算在黑茶里面，现在单独立项。普洱茶与黑茶最大区别，普洱茶有晒青这一道工序而黑茶没有。晒青也就是拿到太阳底下干燥。这，也是据说。

以至白茶这一个名字，一听到，真好，有寄深情于淡的感觉，不对吧，有寄深情于更深的感觉。或许是白日做梦，是错觉。

更多的明亮，光明，终于是高贵的，珍贵的。白终于是高贵的珍贵的。而白常常是白高贵和白珍贵了。即使如此也不是白费力气。

所以即使如麒麟也要它白。高贵和珍贵即使如麒麟那样，它还是要白。犀牛如果是一头白犀牛在大片芭蕉叶下经过，我认为这是白茶喝多了的梦。但一头墨黑的犀牛，独有犀牛角是白的，它比梦更如梦如幻。现实终于说不明白它的好处。

说到白，普通如芹菜者就更要白了，如果与麒麟相较。

不白不足于名重天下。芹菜之中最有姿色的，自然是白芹菜。不白的首先是西洋芹菜，简称西芹，或许正因为不白，实在不好吃。像在吃带水的橡皮警棍。我不是国粹的专业工作人员，也不是国粹复兴的业余爱好者，但我觉得芹菜，那还真是中国芹菜好吃。中国芹菜有多种，我拣我吃过的说。

有一种水芹，接近白，开水一过，淋上酱油、麻油，趁热吃——就吃这一口，只要稍微一凉，就缺乏神韵。其实不是怕它凉，是怕水芹开水过后，淋上酱油麻油，因为水芹极嫩，时间稍长，就会把酱油麻油吸收进去，绿叶成荫。但不淋酱油麻油，也难以下咽。趁热吃，掌控本味和佐料的和谐——"在历史最好一个点上"，水芹的本味和酱油麻油的夺味相遇，于是我们毫不客气，趁热吃，决不冷淡它们。

有一种药芹，白是不怎么白，有一股药味，这药味是白的，简直像云南白药，但它偏偏不是药，是蔬菜。药芹是真正的蔬菜，芹菜气味，如果有什么标准的话，比如参军，比如个头要达到一米六八以上；比如打篮球，比如个头要达到一米九八以上，芹菜气味，却是被药芹决定，芹菜气味用长度单位标出的话，在一米六八和一米九八之间，而西洋芹菜身高两米三八，气味却只有一米〇二。

　　前几天，我吃白芹，既有水芹的水嫩，也有药芹的药味，更主要肌肤白净，真相大白，真是芹菜里的尤物。

说 鸡

　　这几天感冒，我就去买一只三黄鸡，煲汤。鸡汤对我而言是最有效的感冒药。

　　三黄鸡，印象里之所以是三黄鸡因为它黄毛、黄嘴、黄爪。我买的是速冻光鸡，也就不知道毛色如何，但嘴只是淡淡的一抹柠檬黄，而爪完全乌青。我给乌青的三黄鸡鸡爪找个理由：血没放干净，淤在那里。我相信文字，速冻光鸡盒上已经用诚信的黑体字印下"三黄鸡"三个字，所以它即使不黄也只能是三黄鸡了。莫须有。莫须有。

　　我家附近已经买不到活杀之鸡。把鸡宰杀后去毛，颇为麻烦的事情，小贩发明去毛机，一截柏油桶，里面装只涡轮（或许不是涡轮）。我每次都朝柏油桶里张望，无奈这黑漆漆的世界难以让我发现机关。小贩把宰杀好的鸡往去毛机里一丢，一按开关，鸡就在里面旋转，"等等等，等等等，等等等等"，跳起脱衣舞，把个柏油桶撞得哐哐啷啷响，激情四射，不一会儿就片甲不留浑身光溜，忸怩着出来了。

有一年我去上海美术馆看毕加索原作展，门票五块钱一张，在那时候可以说是天价（那时候展览门票，一般都五分一毛的）。看完展览，到大名鼎鼎"小绍兴鸡粥店"吃鸡粥，一碟白斩鸡，一碗白米粥，各种调料，还喝杯绍兴黄酒，加起来也只要一块两毛五分钱和二两粮票。"小绍兴鸡粥店"的白斩鸡，统统用三黄鸡加工，尤其讲究鸡选。一九四九年以前，"小绍兴鸡粥店"每次进货，总是由老板亲自去乡下选鸡，他一袭青布长衫，看不出乃上海滩上腰缠十万贯的餐饮界名流，唯一露富之处是戴着明晃晃的大金戒指，这大金戒指他是用来比较三黄鸡黄毛、黄嘴、黄爪的黄色度。有个说法，小绍兴选鸡，比挑家主婆仔细。

我早已忘记"小绍兴鸡粥店"白斩鸡的味道，也就是说三黄鸡并没有在我口感中形成程式或典范。所以我遇到鸡爪乌青的三黄鸡，也不拒绝。因为没有底线。有程式，有典范，才说得上有底线。这几年大伙儿都在找底线，而从底线那里是找不出底线来的。

有一次吃鸡，曾经是知青的他说，刚到农场，饿得抗不住，那时候还不敢偷鸡摸狗，四五个人凑钱向老乡买只老母鸡，捱到夜深人静，悄悄炖上，结果还是让指导员发现，连锅丢进河里。"这是十分严重的帝国主义资产阶级好吃懒做的腐朽思想，明天开批斗会。"他们诚惶诚恐，但等指导员一走，连忙跳到河里摸鸡。鸡早漂走。深秋天气，四五个人顺流追鸡，一点没感到冷，游了二三十里地，在早晨的薄雾之中终于追上那只半生不熟的老母鸡，泡得有鹅那么大，他们就在河里撕扯着吃了起来。吃完鸡，方才觉得河水凉得刺骨。

  我偶然会看到这样的场景，"小绍兴鸡粥店"老板在乡下奔走，抱起一只三黄鸡，眯缝眼睛，用明晃晃的大金戒指比较、测试着怀中三黄鸡黄毛、黄嘴、黄爪的黄色度，天是这样宝蓝，其中有圣洁的道德。"小绍兴鸡粥店"老板在乡下抱起一只三黄鸡的时候，我想其中有圣洁的道德。

富贵衣，叫花鸡

京剧服装，老话"戏衣"，戏衣里有一种富贵衣，名字好听，实在是落魄者穿的，打着花花绿绿补丁。为什么说富贵衣，因为能穿这戏衣的大都有一个美好未来，连升三级，飞黄腾达。我第一次知道富贵衣，是看《连升店》，剧中人王明芳就穿着它。

戏衣里有富贵衣，烹调中有富贵鸡。

富贵鸡，老话"叫花鸡"，听上去不好听，味道却是一流。

有关叫花鸡的传说我知道的就有五个版本。版本越多，越让我怀疑这是饭店老板的营销伎俩。我认为完全出于虚构。餐饮业无论明清，还是当下，竞争一直激烈，于是要有伎俩，要有来头，要有逆反。明明好吃，偏说狗不理，但狗从没等到肉包子打狗，肉包子都被人包圆；明明做工考究、手段高明，偏说叫花鸡，别说叫化子吃不到，就是白衣秀才也不能梦见。

先看这个版本：明末清初，有个常熟叫化子，到处行乞，一位老太太施舍一只老母鸡。他破碗在手,别无所有,像三个诸葛亮想了好久,他才一个臭皮匠那样计上心来。去借一把刀子,宰鸡放血,又到虞山上挖些黄泥,把老母鸡裹成老土鸡,归拢归拢枯枝败叶,点起火,将鸡扔进火堆,泥干鸡熟,敲去土壳,鸡毛随壳脱落,鸡肉应招而出,香气一直飘到大路上,正好大学士钱牧斋路过,他闻鸡起舞,就把叫化子吃剩的半只鸡高价买下,带给名妓柳如是品尝。吃鸡吧,柳如是说:"味道好极了,宁食终身虞山鸡,不吃一日松江鱼。"

这个版本里有大学士、名妓、丐帮人士、不期而遇和美味,还有一点段子的意思,很能满足食客好奇心。

叫花鸡又称黄泥煨鸡,以嫩母鸡为主料制作而成,是常熟的传统名菜,至今有三百多年历史。

以前我去常熟,总要找时间去王四酒家吃叫花鸡。吃叫花鸡的乐趣,首先是看厨师当着我们面把鸡拆出,像在北京吃烤鸭——看厨师片鸭是极大的享受。厨师拆出叫花鸡的一瞬,满座生香。

叫花鸡拆开了,荷叶黄焖着热香,十分春色在五官之间。

热吃叫花鸡肚子里的虾仁、火腿丁、香菇丁、仕件,它们比鸡肉味道要赞。鸡肉我只动一筷子,这有点傲慢。

裹鸡的泥,传统用酒坛泥,现在泥都不用了,欲与烤鸡看齐。为什么用酒坛泥呢?说是酒坛泥有酒香沁在泥中,既添香,又除腥。

……现在苏州城里也有王四酒家了,那天我去吃饭,非常扫兴,叫花鸡的味道就不去说了,做好它的确不容易。就是家常菜比如腌笃鲜,竟然也做不好,王四酒家的腌笃鲜加胡椒粉,在我是第一次吃到,太离谱了。

河 豚

在江南，饮食之中最神秘的莫过于河豚了。有句俗语，"拼死吃河豚"，好像吃河豚就是玩命一样。

河豚的确给过我恐惧。

我十一二岁时，父亲因病住院，母亲领我去探视，忽然听到病房外大哭小喊，原来一人吃河豚，死了。医生说他在送来的路上就死了。他是太仓农民，太仓在长江畔，所以见得到河豚，那天下午，他钓到一条，就烧烧下酒。医生问，他不认识河豚鱼吗？送来的人回答，哪会不认识河豚鱼呵！医生又问，他不知道河豚鱼有毒吗？送来的人回答，怎么会不知道！医生就说，那还要吃什么吃！送来的人涨红脸，老实巴交地嘀咕出一句：

"拼死吃河豚么。"

这句俗话人是常说的，比如甲炒股连连套牢，咬咬牙又投入一笔资金，这时会说；比如乙酒后驾车朋友劝阻，他不听，一跺脚出口的大抵也是这句话。

既然河豚如此危险,人们照例应该敬而远之,为什么还敢拼死一吃呢?其实只要宰杀烧烹得法,是并不会一吃而送命的。更主要河豚在传说中,也太鲜美,以至鲜美到了神秘。这当然是诱惑人的。到最后,吃河豚的人,吃的实在是传说,吃的实在是传说中的神秘,吃的实在是传说中的神秘的鲜美,已不是河豚。

每年河豚上市季节,仪征、江阴一些地方的派出所就很忙,走家串巷,劝说勿吃。当初,还是公社里民兵的一项工作,两人搭档,敲着锣,边行边喊,一个人先说:

"阶级斗争,"

另一个人跟上,说:

"不忘记!"

一个人接着说:

"地富反坏,"

另一个人最后说:

"河豚鱼!"

有人请吃河豚,吃的时候要从口袋里掏出一枚硬币,拍在主人桌上,表示即使吃出问题,与主人无关,是自己嘴馋,来买死的。这是老风俗。

江阴一些饭馆,过去有几代家传烧河豚的,官府就在门口立块大木牌,像是专卖店样子,上写"食客吃死厨师偿命"诸如这类文字。"破四旧"给破了。否则,倒也有文物价值,起码在吃河豚的史话里。

我遇到一位江阴厨师,他说他会烧河豚,还拿出一张烧河豚的资格证书。

吃河豚的心理,是很复杂的,有尝试的心理,有征服的心理,甚至,还有逆反的心理,而现在又更复杂了:我离开江南时候,河豚的价格要比澳洲龙虾可是贵多了。现在也不会便宜吧,因为出口日本,比鳗鱼更抢手。

听一位朋友讲,前几年他们那里只要河豚上市,一些企业就不堪负担。有位厂长已接待了好几批人,最后真是愁眉苦脸。这一天,又来一批,他也只得奉陪。那里的风俗,也就是土方,吃河豚时要在旁边放一只粪桶,事先稀释好粪水,吃的时候觉得情况不妙,马上去喝那东西,再呕吐出来,随即送医院,一般都有生还希望。吃到一半,有人见厂长的样子,就问是身体不舒服呵,厂长也就顺水推舟,说不舒服,还夸张一下。这一夸张夸张出事情:吃河豚本来就有点惴惴不安,只要一个人疑心,大家都会很快进入一个场,顷刻,全部有中毒状态。大家奔向粪桶,局长与书记谦让一下,局长抱起粪桶就喝,接下来书记,接下来副局长、办公室主任、科长、副科长、反正最后一个是司机。喝完了，吐掉了，送医院。医生一查，根本没中过毒。于是就排，是谁先紧张的，排来排去，不知被谁想起厂长那天根本没碰过一筷子河豚。

这故事很可能是虚构的，因为按照吃河豚规矩，厨师先吃，隔几分钟后，主人续吃，再隔几分钟后，才由客人开吃。河豚中毒的反应极快，如果有事的话，等客人开吃之际，即使主人尚未毒性发作，而厨师肯定早倒在那里了。

据说，居然有用河豚行贿的，真是无奇不有。"河豚行贿"，倒有点像一条谜语，可打成语"以毒攻毒"。

吃过河豚的人，无不说它鲜美，就像人在叙述他的历险时，多会加以渲染。

在宋代，也吃河豚，好像并不紧张，竟还很风雅：

梅圣俞尝于范希文席上赋《河豚鱼诗》云："春洲生荻芽，春岸飞杨花。河豚当是时，贵不数鱼虾。"河豚常出于春暮，群游水上，食絮而肥。南人多与荻芽为羹，云最美。故知诗者谓只破题两句，已道尽河豚好处。圣俞平生苦于吟咏，以闲远古淡为意，故其构思极艰。此雇作于樽俎之间，笔力雄赡，顷刻而成，遂为绝唱。（欧阳修《六一诗话》）

可能是宋代的河豚没有现在毒,"苏门四学士"的张文潜有"见土人户食之,其烹煮亦无法,而未尝见死者"云云。

"春江水暖鸭先知",苏东坡的名句,出自他一首绝句的第二句,而这一首绝句的第四句,"正是河豚欲上时"。

鲽鱼头

既然鲽鱼头已经上桌,我就以鲽鱼头开头,但一时没什么好写,还是写写我刚才打好腹稿的糖桂花。糖桂花——它的属性,说是香料吧,不是;说不是香料吧,也不是。我只能把糖桂花叫作香,一种香。"对面山上我要命的二妹子唉",也是一种香。一伙人吃饭,一个研究俗文化的教授一口气唱了不少酸曲,怎么啦?我猛然闻到糖桂花香。

昨晚的饭店是潮州馆子,以前在那里吃过鲽鱼头,肥沃、温润,而又有一点晦涩,简直有很好的艺术品质。我对妻子说鲽鱼头就是比目鱼头。一个在海港边长大的诗人说不对,鲽鱼头就是鲽鱼头,比目鱼头就是比目鱼头,它们是两种鱼头。我坚持认为鲽鱼头就是比目鱼头,比目鱼头就是鲽鱼头,只有在两种情况下鲽鱼头不是比目鱼头比目鱼头不是鲽鱼头,一种是在知识的繁琐中,一种是在哲学的深奥里。一个研究经典的流浪艺人说起明清之际的跨朝代人才李渔写过一个传奇就名《比目鱼》，比目鱼是爱情形象。如果名《鲽鱼》，就看不到爱情了。我说这比目鱼游到 20 世纪 70 年代末期，成为另一种形象，我在外滩，听到一个女人对一个男人尖叫（我已经把沪方言翻译为普通话）："操你妈的，还敢对我大眼瞪小眼，你以为你是比目鱼呵！"这是我上海印象之一，我觉得上海女人的修辞能力江南第一，破口大骂还不忘比喻，比莎士比亚戏剧中人有文学修养："可是她还自称为童贞女哪。淫妇，凭你自己的话，就该把你和你那小杂种处死。不要讨饶了，怎么说也不行。"喋喋不休的昨晚的鲽鱼头没烧好，吃剩大半，因为"你以为你是比目鱼呵！"多年以来，我没见过精益求精的酒家，只见过一天比一天粗制滥造的馆子（于是厨师成食客的敌人，或者食客成厨师的敌人，彼此一天天烂下去）。一个社会的浮躁、粗暴、奸诈与急功近利在饭店会得天独厚到几乎可以不加掩饰地体现。

那家潮州馆子有芡实汤，芡实就是鸡头米。芡实汤居然是芡实与芋头、银杏同煮，太热闹了吧，也真勇敢。我想如果叫芋头汤，更名副其实。人的口感需要修炼。我以前觉得新鲜的鸡头米与糯米圆子同煮，是最好的。现在觉得不是这么一回事。新鲜的鸡头米，什么也不要添加，用矿泉水煮，温吃，风味殊佳。（你的心情是淡的，新鲜的鸡头米让你不淡；你的心情是浓的，新鲜的鸡头米让你不浓……）（这样，这样我就不需要正襟危坐了，这样我就不需要一声不吭了。我也可以坦胸露腹,甚而推心置腹……)新鲜的鸡头米常常能使我的心情在不浓不淡之间,沉沉树荫下,落花也清丽,一天过得快——因为愉快。用矿泉水煮新鲜的鸡头米,如果手边有泉水、井水,当然更好。不新鲜的鸡头米,就要添加什么了。添加白糖,添加糖桂花。甚至可以添加比目鱼。甚至可以添加整条比目鱼而不仅仅是鲽鱼头。昨晚我闻到糖桂花香,今天去食品店买糖桂花。说糖桂花不是香料吧,那它是什么!付钱的时候,我想我不喜欢"香料"这个词,让我觉得像是"饲料"的兄弟。香而不料,料你也想不到!卓尔不群,糖桂花开,它更愿意面朝人海,虽然比目鱼的确大眼瞪小眼地在人海里愤怒,由于近视而成为眼镜蛇……糖桂花的香,香得可圈可点,香得有节奏,可惜端午节忘记买了,否则白水粽蘸糖桂花,凑合着也有"朝饮木兰之坠露兮,夕餐秋菊之落英"的意思。但鲽鱼头不同意,即使是被厨师烧坏的鲽鱼头,它也说:"万事开头难。"

松鼠鳜鱼

桃花流水鳜鱼肥,这个鳜鱼,就是松鼠鳜鱼的原材料。

松鼠鳜鱼,有时候写成松鼠桂鱼,20世纪七八十年代前,松鼠鳜鱼决不会写成松鼠桂鱼;20世纪七八十年代后,改革开放,经济腾飞,上饭店吃饭的人越来越多,"鳜"比"桂"难认,就省力地写成桂鱼了事。

松鼠鳜鱼,写成松鼠桂鱼,也不能算错。也有把鳜鱼叫做桂花鱼的。鳜鱼种类很多,最著名的是翘嘴鳜,这在画里常常见到:水墨画家画鳜鱼,嘴都像个大铁钩子似的翘起。

鳜鱼为肉食性鱼类,所以在画中也是一副恶头恶脑的神情。有时候是愤怒的鳜鱼。有时候是自负的鳜鱼。

鳜鱼一发怒,背鳍张开,能把渔民肚皮划出饭碗大口子。

鳜鱼在海外市场称为"淡水石斑"。它身上斑斑驳驳,皮色带黄,恍如秋天桂花黄的暗影,这也是被叫做桂花鱼的由来。

松鼠鳜鱼，有时候写成松鼠贵鱼，在祝寿的时候，在喜酒的时候，为了讨口彩。松鼠鳜鱼就松鼠贵鱼吧，当不得真。

但把松鼠鳜鱼写成松鼠鲑鱼，我觉得是一个错误。鲑鱼和鳜鱼，就像巴拉圭和乌拉圭。鲑鱼又叫大马哈鱼，俗称三文鱼，它们出生淡水河，成年以后几乎一直在海洋生活，在海洋生活四五年，便成群结队从外海游向近海，找到原先那条淡水河的入海口，逆流而上，一直游到它出生时的那条小河，从不迷路。这现象也叫"回归"。鲑鱼在江河里逆流而上几千公里，不是觅食，而是繁衍后代，因为它们只能在淡水中产卵。相反，它们游入江河就停止进食。鲑鱼回到故乡，体重会减轻四分之一。鲑鱼为什么要千里迢迢"回归"呢？据说几百万年以前，鲑鱼的祖先是淡水鱼。

鲑鱼有多种吃法，生吃最爽。

鳜鱼有多种吃法，松鼠鳜鱼这一种吃法大概最为有名，中国驻外使馆招聘厨师，往往看他能不能做松鼠鳜鱼。但我并不觉得松鼠鳜鱼好吃。松鼠鳜鱼是很俗气的菜肴，与乾隆皇帝的诗书差不多。

松鼠鳜鱼原先用糖醋，20世纪70年代（时间在中美建交前后）易为番茄酱，这是一个版本。另一个版本要说到民国时期的上海滩。我觉得糖醋好，番茄酱烧的松鼠鳜鱼，味道与古老肉难兄难弟。我现在点菜，不点松鼠鳜鱼，点松鼠鲈鱼，因为鳜鱼鲈鱼被一番油炸，又被番茄酱一番洗礼，口感与味道不分胜负。再说鲈鱼鳜鱼同科，现在都是养殖，区别已经不大，但鲈鱼的价钱可是比鳜鱼便宜得多了。现在，吃鳜鱼要么清蒸，要么红烧，在擅长经营松鼠鳜鱼的店家，你点清蒸，确保新鲜。点菜的学问无边无际。

长年有鱼

鱼中，我爱吃的是鲫鱼，因为家常，因为想吃就能吃到。鲥鱼、刀鱼，就不是想吃就能吃的。鲥鱼待时，刀鱼长藏。吃鲥鱼不刮鳞，我有个远房亲戚是厨师，1949 年前在上海滩上学生意，手脚勤快，把鲥鱼的鳞片刮掉了，结果遭到师傅一顿痛打。

哦，鲥鱼已经绝迹。

鲫鱼是草台班子，一转身就撞上。草台班子里不是没有好角色，现在的野鲫鱼就是好角色。以前没什么野鲫鱼家鲫鱼之分，都是野的。现在鲫鱼养殖，吃的时候叫家鲫鱼。家鲫鱼和野鲫鱼的区别，就像一个是狗，一个是狼。狗从狼里驯化而来，但狗只能是狗了，与狈为奸轮不上它。

以前没家鲫鱼的时候，野鲫鱼也有区别。河里的为上品，塘里的次之。塘里的野鲫鱼有泥土气。我是吃不出的。我吃鱼吃得出泥土气的，只有鲤鱼。我读小学的时候，课本里常出现"泥腿子进学堂"

这个新生事物，我就会想起"鲤鱼跳龙门"这个老版本。换汤不换药。我之所以有这样的联想，不是说我年纪小小就有见识，完全是吃鲤鱼吃出泥土气的缘故。

听老辈说鲥鱼，其口感在我想来，就是梅兰芳的"样"了。梅兰芳雍容华贵中捎带着一点慵懒，这一点慵懒画龙点睛。学梅的往往学不到这一点。鲥鱼的确华贵。这种华贵不是珠光宝气，而是丰神绰约。刀鱼气度稍逊鲥鱼，是尚小云、荀慧生，清俊活泼有之，蕴藉不足。其实梅兰芳、尚小云、荀慧生我都不迷，我独爱程砚秋。程砚秋的味道只能苦茶中寻。

既然梅兰芳、尚小云、荀慧生我都不迷，程砚秋的味道只能苦茶中寻，那么，鲥鱼和刀鱼我也就无所谓。有得吃，吃吃；没得吃，也吃吃——这是吃吃一笑的吃吃。

再补充一点：古人常常以鲥鱼多刺为恨，我却一点也不恨。鲥鱼的刺在我看来不是画蛇添足，而是像上面说梅兰芳的那样，是画龙点睛。因为刺多，吃的时候就不敢囫囵吞枣，于是就给美食平添一股精益求精的氛围。

我的美食理论是这四个字："随和独静"。

"随"，不刻意。

"和"，与食物和适，与食客和睦，与食际环境和谐。

"独"，不盲从，以自己味觉为准。

"静",不好说,勉强说之是"又得浮生半日闲",这其中不无恍然大悟之情,但又没有留恋之心——吃好了也就吃好了,风流云散。

鲫鱼有多种吃法。鲤鱼跳龙门,鲫鱼跳槽。鲫鱼能从鲫鱼汤跳到鲫鱼羹,觉得汤羹差不多,有些乏味,不够刺激,鲫鱼又开始跳槽,跳到酒发鲫鱼,觉得刺激是刺激,但太累,鲫鱼就又跳槽,跳到罗汉鲫鱼。佛也要跳墙,况论罗汉鲫鱼?起凡心的鲫鱼想家了,就溜出寺院,跑进田园,又成为一条跳槽的荷包鲫鱼……鲫鱼鲫鱼,将跳槽进行到底。

我吃鲫鱼,爱加雪菜红烧,雪菜一定要细切。不热吃,等它冻住再吃更入味。没有几种菜隔夜好吃,红烧鲫鱼是一种,红烧豆腐是一种,但红烧豆腐隔夜再吃,还需回热。还有青菜红烧肉。一般说来,凡红烧的隔夜吃味道常常会深邃。但也不一定。

鲫鱼刺也多,所以前人有了酥鲫鱼吃法。

酥鲫鱼有两种烧法:一种锅底铺上大葱,大葱上铺鲫鱼,鲫鱼上再铺大葱,一道道山来一道道梁,最后再把佐料放。还有一种是先放酱油、酒、水,沉入鲫鱼,然后再投紫苏叶、甘草,烧上半天,骨头发酥。紫苏叶要多。紫苏即苏,叫紫苏,以区别白苏。紫苏味辛如桂,做酥鲫鱼的时候不下桂皮下紫苏,因为紫苏含有柔嫩酥松的物质。

酥鲫鱼前一种烧法据说是山东厨师的手艺。我对中国菜系向来记不清，也不去记，因为所谓菜系是对以前的总结，而菜肴是发展的，口味是变化的。苦瓜和尚，也就是大画家石涛说："笔墨当随时代。"其实口味也是如此，口味当随时代。这话我说过多次。

说到苦瓜和尚，让我想起园蔬佳品苦瓜。苦瓜汆水（水中加盐一撮），然后冰镇，蘸芥茉与酱油吃，是很好吃的。尽管这吃法有点像吃三文鱼。金枪鱼比三文鱼在口感上来得缜密，但我还是爱吃三文鱼。因为三文鱼颜色好看。为此，写过一首打油诗，名为《鱼书》：

> 三文难买海中鱼，
> 刺薄霓裳羽衣初。
> 芥辣逶迤来白碟，
> 丹朱僻尽枕边书。

我的枕边书有一部分是菜谱，都不提三文鱼，看来它还没被逼良为娼。

石榴虾

一些石榴树树皮粗糙，老皮还龟裂，像 2006 年夏天重庆。一些石榴树脱皮了，又有瘤状物长出，反正是老态龙钟奄奄一息的样子，但它一开花，就立马十六岁。

石榴树花开，只有十六岁可以比拟，鲜艳、火热、勃勃的生气。

我爱画石榴。以前我画过一幅白石榴，我原先以为没有白石榴，想不到石榴果真是"天下之奇树九州之名果"，偏偏就有白石榴。白石榴在民间被人叫作"大冰糖罐儿"，听一听就甜。"大冰糖罐儿"，学名"三白"，因为花白、皮白、籽也白。

而吃石榴，还是吃籽红如朝霞的可观。白石榴也甜，但籽的色泽未免寡淡。个人习惯。

石榴为石榴科植物——石榴的果实，以味甜酸者为佳。

味甜酸者为佳，碰到只酸不甜的，怎么办？如果碰到只甜不酸，是不是更难办？

酸石榴，碰到酸石榴，我就把它泡酒——泡烧酒。白露之际，石榴下来。（其实石榴在白露前就下来了）要不了多久，天气寒冷，喝点烧酒不会太燥。

粉红的石榴籽沉寂在烧酒瓶底部，火焰山是深海一个梦。近来我老做梦，梦见我一个字也不认识了，拿着菜单，满头大汗。

酸石榴还可以做一道菜：石榴虾。这个菜我吃过，不怎么样，可取之处是有一点创意和情调，比较适合青年男女，或许能满足他们的好奇心。

把酸石榴萼筒割掉，掏空内部，虾仁先暴腌，后上浆（再放冰箱里一二十分钟），复与石榴籽混合，塞入酸石榴内部，隔水蒸熟。

隔水两字好，石榴树和十六岁都隔水，烟波浩渺，枫叶荻花秋瑟瑟，江州司马青衫湿，石榴在浔阳江头，也在万人码头。石榴与杨柳一样，都是离人信物，柳能留，榴也能留，更能留，榴的一半就是留。

秦陵产石榴。旧社会的西北强盗，下山抓来良家妇女，给老大过目，老大拿出丝绸，意思是"杀"（纱），赏给大家，先奸后杀；老大拿出石榴，意思是"留"，留下做押寨夫人或者押寨夫人之一。

下雨天不采石榴，石榴萼筒积水，就会腐烂。所以石榴晴天采摘，白云悠悠，青天蛊惑得仿佛蓝色妖姬，晴光是催眠的。采石榴的人，一手扶枝，一手摘果，石榴离开枝头一瞬，珍珠玛瑙在百宝箱里会不会丁当作响呢？果农说：

"怎么可以丁当作响！采石榴，最怕受内伤，籽粒破碎，外表看不出，结果全烂了。"

传统菜肴里真有石榴虾，与酸石榴无关，它用虾仁、鱼肉、蛋清，做成石榴形状，有点想当然。

前几年还推出过石榴肉，是对樱桃肉的模仿。樱桃肉在苏帮菜里是时令菜，要用豌豆苗配菜。而石榴肉一年四季都用青菜，以填补樱桃肉的缺失。樱桃肉口感先甜后咸，石榴肉口感先酸后甜，不如樱桃肉大方。

甜驴肉和梨

看完赵州桥（赵州桥附近的槐树林很好看，大太阳天，正开着花），去吃赵州驴肉。

天上龙肉，地下驴肉。龙肉我没吃过，无法与驴肉比较。但我并不喜欢吃驴肉，或者说我没吃到过好驴肉。驴肉是神话的，说是张果老骑的就是驴，为什么偏偏骑驴不骑马，就因为驴肉好吃。

对我而言，驴皮比驴肉更有吸引力，我喜欢皮影戏，考究的皮影都用驴皮做成。还有阿胶。吃阿胶就知道皮影为什么用驴皮，驴皮有韧劲，不容易撕破。

赵州驴肉做法不少，留有印象的却是驴肉火烧。也就是说我如果旧地重游，还想再吃两个。驴肉火烧就是烧饼里夹驴肉，一种很有来头的吃法。

还有一道菜，我忘记名字，赵州雪花梨熬赵州驴肉，滋味是甜的，我这个热爱甜食的人，初次吃到甜驴肉，并不习惯。

我在赵州那几天，想看梨花，结果梨花在一个星期前凋谢。当然雪花梨也没吃到，雪花梨要到下半年九月上旬才采收。我怀疑赵州雪花梨熬赵州驴肉，雪花梨是罐头的，主人说绝对不是，是去年鲜梨，他们会保存。

我在南方的时候，没吃过雪花梨，也不知道雪花梨。到了北方，觉得雪花梨这名字很妖艳，仿佛上坟的小寡妇，越穿白，越妖艳。

赵州雪花梨主产河北省石家庄市赵州一带（现名赵县，这有点煞风景，要不要把赵州桥改叫赵县桥？要不要把赵州和尚改叫赵县和尚？），因肉白如雪、香气似花而得名。它的一个特色就是脆，其实脆也不是它的特色，天津鸭梨也很脆，还很嫩。它的一个特色实在是大，我吃一个就饱。

在赵州，我吃掉一袋雪花梨干，它较为朴素，比北京果脯品格来得高。

席间有人说，常吃雪花梨大有好处。我说常吃梨大有好处，随便什么梨。

以前我吃得多的是天津鸭梨和安徽砀山酥梨。

天津鸭梨并不产于天津，历史上天津是鸭梨集散地，人们就冠以"天津鸭梨"的称呼。这是习惯。天津鸭梨产在河北省的辛集、宁晋、晋县、交河、肃宁等地，其中以辛集为佳，辛集地处滹河故道，水气润泽。

为什么叫鸭梨？因为梨头偏歪形似鸭嘴，而梨身又像鸭蛋。拿一只正宗鸭梨在手上，会越看越像鸭子。

有人把鸭梨写成雅梨，这样才风雅？神经病。

砀山酥梨，我们只叫砀山梨，产于安徽宿州砀山县，宿州是个老地名，好。天津鸭梨是脆嫩，砀山梨是脆酥，入口无渣，但皮比鸭梨要厚。砀山梨主要品种有金盖酥、白皮酥、青皮酥，金盖酥最佳。

但我好久没吃到砀山梨了，这样的名牌，据说果农却连年亏本，只得伐梨种茶。当地政府解释：这就是市场规律。呜呼！当地政府的市场规律。

忽如一夜春风来，千树万树梨花开，梨花落尽结梨子，一只一只掉尘埃。

炸金砖

炸金砖，就是"油氽臭豆腐干"。酒楼用这个名字，取的是雅气。真有点气度不凡。上桌时候跟一小碟子辣酱，蘸着吃。辣酱是着眼点。鲜艳夺目的辣酱，火红，像玫瑰花的深渊。辣椒籽粒粒，一如朱色袈裟里藏龙卧虎的芥子。而臭豆腐干被油氽得金黄，黄过黄鹤楼。再配上白璧无瑕、白热化的椭圆形容词般的盘子，绚丽烂漫。胃口大规模打开。有时候赶上几个臭味相投的食客，那真是势如破竹，一眨眼，就只剩下一点辣酱和白茫茫的盘子。

"小姐，再来一盘！"

酒楼服务员当然知道我们要的还是油氽臭豆腐干，因为她上此菜后还没来得及转身，金砖就被我们瓜分。炸金砖要趁热吃，有点接近趁热打铁的样子。

鲁迅的小说《在酒楼上》，有这么一段：

我所住的旅馆是租房不卖饭的，饭菜必须另外叫来，但又无味，入口如嚼泥土。窗外只有渍痕斑驳的墙壁，帖着枯死的莓苔；上面是铅色的天，白皑皑的绝无精采，而且微雪又飞舞起来了。我午餐本没有饱，又没有可以消遣的事情，便很自然的想到先前有一家很熟识的小酒楼……出街向那酒楼去……由此径到小楼上……

　　"一斤绍酒。——菜？十个油豆腐，辣酱要多！"

　　我坚信这油豆腐就是油氽臭豆腐干，因为要辣酱。在江南，豆腐里有一种品种叫"油豆腐"，类似北方的豆泡，但个头比豆泡大。油豆腐一般用来塞肉，或红烧，或白炖；也可用剪刀一剪为二，炒黄豆芽、炒青菜，但没有用辣酱烹调油豆腐的。有一种五香豆腐干可以清蒸后蘸辣酱吃。臭豆腐干除了油氽外，也可清蒸。蒸时佐以火腿片、扁尖、毛豆子，撒些吴盐，吴盐白于雪；喷些绍酒，绍酒浓如春。火腿是菜肴中的甘草，可惜我已两年没吃。内子祖籍波斯，尊重她的生活习性。

　　但酒楼里的炸金砖，我总觉得没有路边小摊上的油氽臭豆腐干好吃。

　　酒楼炸金砖为了卖相，改过刀，就容易氽过头。外脆有过之而无不及，内嫩却常常失却，像炸死面疙瘩。小摊上的油氽臭豆腐干是整块下锅，臭豆腐干内水份不易失却，所以能外脆内嫩：剥开金砖的皮，里面是白玉。酒楼不是不会像小摊一样油氽，我知道其中道理。一盆炸金砖在 90 年代中期，价格大致 6-12 元之间，上星级的就更没谱，50 元也不算宰客。一般把一整块臭豆腐干改刀为四小块，视用餐人数而上，正好一人一小块。十个人用餐，也只要用两整块半臭豆腐干作原料。小摊上的油氽臭豆腐干一整块一毛钱，悬殊太大。所以酒楼只得在卖相与口味上和小摊保持距离，否则客人吃到的是小摊风味，突然幡然醒悟，会计较一番。为什么不能便宜下来？便宜了，对不起炸金砖这名。呵呵，原来酒楼利润主要出在炸金砖这类菜上。别看客人吃高档菜，喝高档酒，结账一个大数目，但酒楼利润并不高，因为成本在那里。

路边一年四季有油氽臭豆腐干的小摊，一只煤炉，一口油锅，一个老板，老板一般是好婆，一边氽臭豆腐干，一边和你招呼。每次在等臭豆腐干出油锅的那刻，我总会与老板多交谈几句，她会把这一条街上最近发生的大事统统告诉我……哎哟哟，喔喂，臭豆腐干焦脱哉……好婆老板与我聊天，好像她知道的人，我都该认识似的。我连吃五块臭豆腐干，一抹油嘴，觉得自己是这条街上的巴尔扎克。

云想衣裳

在新东方啤酒花园吃饭,我见到菜谱上有道菜名"云想衣裳",觉得好奇,我问服务员啥东西,服务员也说不上来。我就点了看看。点菜像点灯,一亮,毫不含糊,什么"云想衣裳",原材料是芙蓉鸡片的原材料,想必厨师做不好芙蓉鸡片,以此藏拙。别以为你穿了衣服或者换了衣服,我就不认得你的身体。

由"云想衣裳",大家打赌,说几件"衣",泳衣内衣不是,是能吃的衣,菜谱中的衣。

"蓑衣黄瓜!"两个人抢着说。

为了决出胜负,考考两人,看谁能说出蓑衣黄瓜的做法。

"什么做法,用刀一剐完事。"一个说。

评委:"你这不是蓑衣黄瓜,是刽子手凌迟。"

另一个说:"我切黄瓜,黄瓜两边放两根筷子,黄瓜就切不断,切完一面,翻过身,再切斜刀。"

评委:"你基本准确,他罚酒一杯。"

他说:"雪衣银鱼。"

雪衣银鱼啥东西,与银鱼炒蛋差不多,银鱼炒蛋,蛋清蛋黄一起炒;雪衣银鱼是银鱼蘸上打成泡糊的蛋清。从口感上,我更喜欢银鱼炒蛋,再说看着也好看,条状的白皑皑的是银鱼,团块的黄澄澄的是炒蛋。更主要银鱼炒蛋不会把银鱼眼睛裹住,银鱼眼睛特别生动,两个小黑点,洞穿人心。醒目得仿佛宋徽宗画鸟眼,他用漆点睛。

我现在很少吃银鱼炒蛋了,因为银鱼炒蛋尽管蛋还是蛋,银鱼却常常不是银鱼,用一种名"柴鱼"的鱼假冒,肉质粗俗,极其粗俗,令人恼怒!

有人说"蝉衣笋片"。

蝉衣笋片不是冬笋春笋,是莴苣。莴苣在一些地方称之为莴苣笋,它从地上绿油油冒出,很像雪中冬笋或者雨后春笋的样子。蝉衣笋片做法简单,将莴苣横切成段,再竖切成片,越薄越好,笋片的蝉衣穿就穿在这里。前提当然去叶留茎,削去外皮。莴苣外皮削得越干净越好(直到茎上没有明显的白纤维,否则口感蹇涩),但酱菜里的"带皮莴苣"又另当别论。酱菜里的"带皮莴苣"真好吃,好吃就好吃在咀嚼莴苣硬皮(那一刻)。莴苣切好,浇上盐、葱油和绵白糖勾兑的调料汁即可。如果考究一些,可以先用绵白糖渍一下,氽水,再用盐腌一下,氽水,淋上热葱油,吱吱响,好。

有的地方把蝉衣笋片叫做"玻璃莴苣",细考起来,蝉衣笋片和玻璃莴苣还是有点区别。蝉衣笋片的四边成蕾丝状,像绉纱的绿袖子;玻璃莴苣四边平扁。别看这么简单的一道凉菜,其中水深不浅。

要让蝉衣笋片四边翻卷蕾丝,切完后浸入温水就会如此。

他说:"龙穿凤衣。"

我不知道啥东西,据说鸡翅膀夹带火腿。

轮到我说,我说:"糖衣炮弹。"

泥沙俱下

苏东坡"雪泥鸿爪",这"泥"美得空罔,美得惆怅。这是例外。说起泥,总觉得不干不净。"苏门四学士"之一的张文潜就云:"花开有客时携酒,门冷无车出畏泥。"

不料我们还喜欢"嘴啃泥"。

我在苏州两个小饭馆,吃过上好的土豆泥和豌豆泥,至今津津乐道。

土豆有土腥气,煮烂后捣成泥,口感上也粗糙。我在苏州一个四川人开的路边小饭馆,吃过他的土豆泥,轻声细语,上浇葱油,葱花碧绿,垫衬着鹅黄色的土豆泥,就像初春郊游,望到远山上的几点新意。这盆葱油土豆泥,色彩好,土腥气没有,口感也滋润。今年再回苏州,这家小饭馆找不到了,马路拓宽,都成大门面。苏州饭馆酒楼多如鸡皮疙瘩,大部分这样,店名不同,菜款菜味没什么不同。其他城市也如此。去饭馆吃饭,轮到我点菜,服务员在一边——我知道她或他会不耐烦,就让他们先去忙碌,因为我会把菜单翻读一遍,努力观察规定动作,寻找出格之处,出格之处,也就是所谓的"本店特色"。有朋友说,老车点菜,像他写文章,认真。我说错了,我点菜比我写文章认真。菜是自己吃的,文章是别人看的,爱看不看,管他呢。那天我站在马路牙子上追悼葱油土豆泥,顺口杜撰一副挽联:

一品糟凤爪非鸿爪

葱油土豆泥为雪泥

去年吃到的豌豆泥也极好,上桌时候,跟一高脚酒杯鲜牛奶,当面调和,倒也清白无辜。可惜略微偏甜,不够散淡。

除了泥,还有就是沙,豆沙月饼、豆沙馒头的豆"沙"。豆沙是赤豆沙。我这个苏州人到北方,常常搞不清馒头和包子。她说,馒头是实心的,包子是有馅的。但在苏州,一些有馅的包子也被叫成馒头,比如"生煎馒头""豆沙馒头"。

"泥"和"沙"是食品加工方法,既然名"沙","沙"的颗粒理应比"泥"粗糙、不匀,但现在豆沙月饼与豆沙馒头的豆沙,泥沙俱下,下到最后都是泥,沙的特点不见了,细节消失,臻于几乎空明其实空洞境界——当下美食是很"抽象主义"的。

玫瑰竹夫人

去年还是今年,朋友约我去某酒家参加美食节,并要出菜一道,这菜还需自己创意,且有规定:温馨浪漫。朋友是二十年的朋友,推不掉,再说吃我本来也喜欢,为什么当初我想推掉呢,因为这酒家老板以前见过,一眼看去就很讨厌。朋友说你和我们玩,又不是和老板玩。想想也对,不去矫情了。我就出了一道菜,名"玫瑰竹夫人"。

后来见到记者报道:"车前子的'玫瑰竹夫人'一听就是个浪漫的名字,等着菜端上桌,大家一尝,这不就是春笋吗?切成了小条状的春笋被淋上了糟乳腐汁和玫瑰乳腐汁,红白两色,甜咸各异,是典型的苏帮菜。"

这报道有两处错误。一是糟乳腐汁和玫瑰乳腐汁不是淋上的,是下锅分别炒出。而玫瑰乳腐汁里我又加过"秘料",后来有人仿制,问我怎么没有那天鲜美?这是当然的。看似容易成却难,味道在深处,不与俗人言。

为什么名"玫瑰竹夫人",诗眼全在于对糟乳腐汁炒出的春笋码放,那天人多嘴杂,乱了。

第二个错误,说"玫瑰竹夫人"是"典型的苏帮菜",这怎么能说!苏帮菜是历史文化的沉淀,不是灵机一动。如果说"玫瑰竹夫人"有苏帮菜之风,我倒同意。不但同意,而且欣然。

苏帮菜属于苏菜体系,苏菜人称京苏大菜,由于风味不同,它分好几派,南京风味的称京派,淮扬风味的称淮扬菜,苏州风味的称苏帮菜。苏帮菜讲究原汁原味,一物各献一性,一碗各盛一味,但口味通常偏甜,比如松鼠鳜鱼、黄焖鳗和蜜汁火方,苏帮菜的特点一直很明显。口味偏甜可以看作味浓。我认为苏帮菜的另一个特点是清——火夹鳜鱼、白汁元菜、西瓜鸡、三虾豆腐、虾籽白肉、水乡四宝(菱肉、藕片、白果与鲜鸡头米。用作炒菜的菱肉是水红菱,要的是鲜洁脆嫩劲),可谓气清。"味要浓厚,不可油腻;味要清鲜,不可淡薄",苏帮菜几乎是袁枚《随园食单》大而化之的图解。

总结众说纷纭的苏帮菜,我用四字:"味浓气清"。太到位了!这四字花费三个月时间我才想出,也真不值得。说三道四,所幸回头是岸。

苏帮菜是极其讲究时令的,在我看来名列前茅。春雨绵绵,吃"碧螺虾仁";夏木阴阴,吃"响油鳝糊",尽管有胡椒粉,响油鳝糊口感还是偏甜，它原先是徽菜，经过苏帮菜厨师改进，竟然成为苏帮菜里的名菜，真是山不转水转；秋风阵阵，吃"雪花蟹斗"；冬雪皑皑，吃……我就在自己家窗口喝一壶热乎乎黄酒，不出门了。

现在还有所谓的"新苏帮菜"，什么南腿凤梨，什么水煮酥鳝。如果成立，"玫瑰竹夫人"倒是可以混进革命队伍。我在东山吃过银杏炒香青菜，也是"新苏帮菜"吧。味道很好。

苏帮家常菜更有发展天地：腌笃鲜、百叶结烧肉、油渣白菜、桃仁羹……我多想吃一碗桃仁羹，在太湖边。

学问太大

吃的学问太大,我做不了。

所以我常常瞎吃。

刚到北京,爱去一些苏州少见或者没有的饭店吃饭。(苏州人的饮食极其保守和偏见,甚至可说装腔作势。上帝保佑!使我有能力离开苏州,口福不浅)

我去白魁(一家百年清真老店)吃饭,那天晚上,天寒地冻,头如宿鸟,我想出出汗、壮壮阳,据说羊尾劲大,顺手就点炸羊尾。

服务员端上来,我说我没要点心,我要的是炸羊尾。服务员说,这就是炸羊尾。羊尾我没吃过,以我吃过的牛尾推想,牛尾有骨头有肉,羊尾也是尾,难道它由鸡蛋清、白糖、豆沙馅和淀粉构成?

唉,炸是炸了,但与羊尾没关系,是面食?是甜食?基本上是面食。基本上是甜食。反正不见骨头与肉。

后来我得到炸羊尾秘籍,如获至宝,原料是鸡蛋三个,淀粉和豆沙，调料是糖，做法，如下：

1. 鸡蛋取出蛋清，打发。什么叫打发呢？竖起一支筷子，蛋清里能站立不倒。也不是那么好打发的。也不是那么好打发的，除了蛋清，还有乏味的来客。

2. 在打发的蛋清里加入淀粉和糖，继续搅匀。淀粉多少？糖多少？那时直觉会告诉你。好的点心，好的菜肴，一出手，都来自点心师和厨师直觉。这与写诗差不多。诗人与点心师与厨师是一条战壕里的战友。一条战壕里的战友，这话好久没人说了。

3. 豆沙搓成条，揪成一个个的小圆球，备用。

4. 起油锅，油至四、五成热，用汤勺把打发的蛋清下锅。秘籍上说，要让蛋清成为白白一团，还卷卷翘翘的，好似绵羊尾巴。绵羊尾巴，这比喻太好了。那天我瞅着蛋清在锅里成形，就是找不到比喻，着急啊！绵羊尾巴，太好啦，真是惟妙惟肖。这也是炸羊尾的来历。炸羊尾这食品名字，原来是个比喻。

5. 把豆沙放进绵羊尾巴。

6. 再在绵羊尾巴上补些蛋清，为了盖住豆沙。于是在油锅里继续炸，炸得等在外面的食客一点也看不出像羊尾，就可收工。

炸羊尾的另一种做法：油倒入锅中烧到五成热后，关掉火口，用筷子夹住豆沙球，蘸上蛋清糊，逐个放入锅内，再打开火口，待到豆沙外面挂的蛋清糊炸得金黄，捞出沥油，装盘。这个难度大些。

炸羊尾的美，短暂如塞北花，只有自己动手的人才摘到：在油至四、五成热，打发的蛋清下锅的那一刻。

有的人说炸羊尾为什么叫炸羊尾？不知道吧，它是用羊尾巴油炸。说羊尾巴时，那个人把"尾"发出"矣"音，这是在江湖上跑过的。也是一说。

炸羊尾尽管已很甜，吃的时候还是要继续蘸绵白糖，趁热蘸，趁热吃，太好吃了。吃出一嘴甜味，也吃出一嘴热气。

我把炸羊尾当作菜肴，不料它是点心；有一次，我把它似蜜当作点心，不料它是菜肴。

它似蜜，我后来才知道它是北京传统的清真名菜，一上桌，色红汁亮，形似新杏脯。因为食之香甜如蜜，所以叫它似蜜。

它似蜜：炒羊里脊肉片。

这名字也太像点心了，好像与蜜三刀是一伙的。

博士请客

有博士从东洋讲学回来,请我们吃饭。博士福建人,饭局定在福州会馆。福州会馆在西直门前半壁街,这街名我是第一次听说。走过后半壁街,就是前半壁街了。前半壁街上很有吃的氛围:一排连着的小酒馆。店主光着膀子,望着我,我看他如看三十年代,或者说我看他如看斯诺拍的一张照片。

福州会馆是一座新大楼,餐厅在二层。博士点菜,我说我要吃鼎边糊和光饼。

博士说你倒好打发。

我问服务员,有鼎边糊吗?

服务员说没有。

幸亏博士告诉我,现在不叫鼎边糊,叫锅边糊。我说鼎边糊,服务员有理由不知道。以前的福建人多事,保留不少古汉语,明明是锅,偏偏说鼎;明明是蛋,偏偏说卵。现在的福建人与时俱进,以致我要鼎边糊,她就不知道。

博士点了四个冷菜,八个热菜,两道汤。我要的鼎边糊和光饼都算额外小吃,不在他的计划之列,但博士还是给我点上了。谢谢!

四个冷菜,我爱吃的是紫菜拌虾米(北京人叫虾皮),味道酸甜之间,大为清爽。据说福建人每菜放糖,还有就是爱用虾油。此刻的饭桌上是人人一碟虾油,我用来蘸鱼丸,真是可口。

冷菜里有一道油煎带鱼,看上去清淡,一吃,觉得是俗话所说"非洲带鱼",背上有块极其粗俗的骨头。于是我对福州会馆的品位在心里打了个折扣。福建近海,弄些带鱼应该不难吧?

鱼丸汤很好。鱼丸与肉燕同煮,味道在不经意里。只是我原来凡胎,口感偏重,鱼丸蘸虾油,像把白白净净的小美女腌进酱缸,手段毒辣。

鱼丸富有弹性,福建的孩子在六七十年代,当乒乓球打。一只乒乓球要几毛钱,打不起,一颗鱼丸才几分钱,打坏还能吃。所以福建民间乒乓奇才尤多,就像四川民间有许多皮划艇高手,从小在水深的火锅里划来划去的,当然划出门道。

期待的荔枝肉上桌了,这叫什么荔枝肉啊。或许是新派荔枝肉吧。我把它命名为荔枝炒肉:一些荔枝和一些肉块炒在一起。正宗的荔枝肉是没有荔枝的,松鼠鳜鱼也没有松鼠一样,荔枝和松鼠在这两道菜里都为象形。我右手边的女士问我,什么是正宗的荔枝肉呢？我也语焉不详，我让博士告诉她：猪后腿瘦肉为原料，剞刀，十字花刀，切成斜块，下锅油炸，油炸后卷缩，恰似荔枝壳。然后，番茄酱、糖、酱油，调味，勾芡，番茄酱是暗红色的——追捧荔枝颜色。

福建的糟有名，福建会馆的淡糟香螺片也是它的名菜，但前不久北京某家川菜馆用福寿螺片待客，客人们食物中毒（据说人数近八十个），这几天凡是螺都连带着禁食。总得吃点糟，我要的光饼是糟肉光饼，结果却是雪里蕻光饼，罢罢罢，唉，也很好吃。

芋泥的原料是槟榔芋头，如果不加豆沙（厨师要造型，作出太极图）、不加芝麻，香气就是"至人家，坐处三日香"的香。

海蛎煎看上去邋遢，下酒却好，绵软解酒气。那天喝的是青红酒，福建米酒，刚酿出来是红的，放上一阵变黄，时间一长，完全无色而透明，简直要成精。青红酒热吃，劲道在后面。我一会儿喝热青红酒，一会儿喝冰啤酒（啤酒是福建的惠泉啤酒，偏淡一些），人间冷暖全在饭桌上。

芥 末

大厅里看到等人的女孩,服饰是芥末绿色,我忽然觉得自己新鲜不少。女孩天真烂漫,但是辣的,一段芥末,多好。多不好,还有芥末黄色,作为色调倒也耐看。

芥末是芥菜的明星梦,已经做成的明星梦。芥末现在是餐桌上的明星,什么都要请她出镜。居然有芥末元宵。

芥菜是生产芥末的原料,原产中国。

确切地说,芥菜种子才是生产鲜辣味调味品芥末的原料(确切地说,芥菜种子是生产中国黄芥末的原料。日本青芥末的原料是山葵根茎)。

在杉木林空地,栽培芥菜,这有点诗意。

我知道芥末很晚,是吃过日本料理之后。有一阶段我爱吃三文鱼刺身,吃不到会想。三文鱼刺身要和芥末搭配,以致我以为芥末是日本土产。

据说日本芥末的传统制作方法，是把山葵根茎与鲨鱼皮放在一起磨，磨成平滑、柔腻、芳香之酱，辛辣，刺鼻，开胃。后来发现，将芥末与生鱼片搭配吃的人很少生病，自那以后，对芥末医用价值的研究就被提到议事日程上来。各种研究使芥末的身价一涨再涨：它，天然杀菌剂；它，含有强抗癌成份；它，美容美体；它，治疗口臭，兼治痔疮；它，等等等等。有报道说在东京以南130公里处，有一家芥末实验室，每天进行芥末的杂交工作。杂交，杂交，比胡风写杂文还卖力。

我在北京住下后，才知道北京也产芥末，不单单日本有。

芥末与北京的一道家常菜有关，这就是芥末墩。

大白菜上市，老北京都要做芥末墩（选细长棵的大白菜，去掉外层老帮，洗净，切5厘米左右的段，开水浇烫一下，除去生腥气。码一层菜段，撒一层白糖，抹一层芥末，然后再码一层菜段，再撒白糖，抹芥末，一直将罐或盆码满，滴些白醋，大白菜叶盖上面，盖好盖子，过几天就可食用。食用时候，要用干净筷子把芥末墩逐个夹出，放在小碟内，再加些原汤，味道酸甜脆辣香，五味俱全——老车注，这是抄来的，我没做过芥末墩）。

看来只有好的芥末墩才五味俱全，因为我吃过的芥末墩基本上不超过两味，有时甚至味也道不出来。我并没有吃到五味俱全的芥末墩，于是只有听说。

听说北京芥末与日本芥末比较，北京芥末口感正，纯正，含蓄，大度，制作起来颇有难度，也就产量少。或许真是这样，产量少，以致我吃到的芥末墩常常只是白菜墩。

而北京芥末怎么制作？这是市级秘密，新闻发言人说反正决不会把芥菜种子与鲨鱼皮放在一起磨，什刹海尽管是海，却不产鲨鱼，哪来鲨鱼皮？就是鲨丁鱼也没有。在北京，与鲨有关的，据我所知，只有鲨尘暴和鲨眼。很遗憾，我们没有鲨鱼！

落花生

花生先在地上开花,花落后在地下结果,故有"落花生"之称。这句话在《常熟县志》中是这样表达的:

俗云花落在地,而籽生土中,故名。

落花生:烟雨蒙蒙,春色凄美。就是这感觉。

花生属于豆科,一年生草木。

一般认为花生原产南美。1492年哥伦布发现新大陆前,当地居民便已栽培花生。以后由南美向东传入非洲,向西传入印度尼西亚群岛,再经此传入世界各地。花生传入中国,约有五百年历史,大概由郑和下西洋时带回。

1503年,《常熟县志》中就有种植和食用花生的记载:

落花生三月栽，引蔓不甚长，俗云花落在地，而籽生土中，故名。霜后煮食，其味才美。

我对这句话尤其喜欢：

霜后煮食，其味才美。

我能看到这样的情景——黄叶满庭，东窗明净，一老头携两顽童，围住小火炉，水煮花生。老头的乐趣在于煮，很无奈，牙齿掉尽；顽童的兴奋在于吃，暂时还吃不到，就兴奋于瓦釜之上袅袅热气，这袅袅热气一会儿像龙，一会儿像虎，像地图，像旗，像网，像美人。"熟了熟了"，顽童着急；"快了快了"，老头忽悠。不会再有人来打搅这赏心乐事，多年以来门庭萧瑟，大有古人所称道的名士之风……

一老头乃我，两顽童是我孙子。算命的说我会有两个孙子，想想我未来有两个孙子，这是我当下乐趣。

一盆水煮花生，一杯扎啤，夏夜的北京街头，挤在大排档上，如果碰巧再有一个朋友，不亦乐乎！不亦乐乎！

只是大排档上的水煮花生一点不纯粹，除本分的盐之外，又是加茴香，又是加香叶，又是加葱，又是加姜，更有那讨厌的味精，无疑乱了套。

水煮花生煮的时候只要加盐,滋味就有。不但有滋味,滋味还长呢。

水煮花生好的是那一口湿润的清香。还有一种煮花生,用咸菜卤煮,咸菜卤煮花生,好的是那一口湿润的咸鲜。

咸菜卤煮花生,把花生壳轧碎(壳要碎而不掉),用咸菜卤浸泡一夜,是何其好的好事啊,在回忆里。因为家中早已不腌咸菜,咸菜卤难觅。

水煮花生和咸菜卤煮花生都要带壳煮,如果是水煮花生仁和咸菜卤煮花生仁,就一点意思也没有。

咸菜卤煮花生不是:咸菜——卤煮——花生,准确的读法是:咸菜卤——煮花生。北京人容易误会,因为北京有卤煮食品。

爱吃花生的人不少,不像榴梿。榴梿我能吃,但不爱吃。

山药书

我在江南这么多年,没吃过山药。或许山药真是生长在山上的缘故,江南少山多水,缺乏山药环境,水这么多,但我也没因此听说过水药。江南只有药水,气候阴湿,多愁多病,只有药水。所以山药不一定长在山上,它长在它喜欢长的地方。

我吃过山药蛋。山药蛋不是山药。山药蛋像土豆。山药蛋尽管像土豆,却与土豆完全两种味道。人像人,人人不同,脱光了衣服也不同。清代植物学家吴其濬在《植物名实图考》中说"马铃薯黔、滇有之……山西种植为田,俗呼山药蛋,尤硕大",他说的山药蛋是土豆,而我吃过的山药蛋的确不是土豆。我查一下书,但没有找到我吃过的不是土豆的山药蛋。难道记忆有误?舌头的记忆却如此清晰:我曾经吃过的山药蛋决不会是土豆!脑子是一种记忆,舌头是另一种记忆;知识是一种记忆,直觉是另一种记忆。或许只能如此说。

后来，据说山药蛋学名零余子，零余子又叫珠芽，但我懒得考证。

我爱吃山药，那种口感像睡在席梦思上，或坐进沙发，灯光乳白而宁静，读着山药书，想着微甜的未来。

日子很好，看怎么过。怎么过都好，日子就很好。

我爱吃的山药，条干长长，我在找山药蛋（文字材料）的时候，找到了山药，就在这里现贩现卖：山药为薯蓣科植物薯蓣的干燥根茎，自生于山野的是野山药，人工栽培的为家山药。冬季茎叶枯萎后采挖，切去根头，洗净，除去外皮及须根，用硫磺熏后，干燥成毛山药。如再经加工成光条即为光山药（老车注：这是制作药材。山药为常用中药，性平，味甘，具有补脾养胃、生津益肺、补肾涩精之功能）。

药补不如食补，山药切去根头，洗净，除去外皮及须根后，切片，氽水，或用番茄酱或用柠檬汁或用……凉拌。我爱把山药氽得软烂，蘸鲜酱油，有吃白切羊肉的幻觉。我没钱吃白切羊肉的时候，就这么吃。

山药壮阳，吃多了无师自通会唱山坡羊。山坡羊，流行于明朝正德年间的民间曲调，男欢女爱，风调雨顺。

名字与绰号

甘蓝,像一个朋友或者朋友名字。

卷心菜,包菜,洋白菜,就像朋友绰号。如果我们不是科学种田的菜农,仅仅是卷心菜业余爱好者,说卷心菜就是甘蓝没错。如果是科学种田的菜农,那还要说仔细些:

卷心菜是甘蓝变种,卷心菜是俗称,学名结球甘蓝。包菜、洋白菜都是它另外的俗称。

卷心菜还有一个俗称莲花白,很雅致。北京有一种土酒,也叫莲花白。七八年前我刚到北京,买的第一瓶酒就是它。现在想起来吃口微甜。我还在酒瓶贴上跋过一段话,前几年还在,因为是钢笔写的,蓝墨水隐隐约约,我分辨好一会儿。估计后来就扔掉了。

结球甘蓝中还有一种紫甘蓝,由于它的外叶和叶球都呈紫红色,故名紫甘蓝。颜色有点沉闷、压抑,看仔细,倒也华丽,仿佛新近守寡的贵妇人，不失庄重地坐在那里。

"不，不管您怎么说，它总还有点神秘主义的东西，而没有神秘主义的东西也就不成其为诗了。"公爵夫人说着，同时斜过一只紫眼睛去。

"没有诗，神秘主义就成了迷信，而没有神秘主义，诗就成了散文。"公爵夫人说着，同时把另一只紫眼睛斜过去。好像前面有一盆拌好的紫甘蓝色拉似的，她两眼睛被照成紫脲酸铵。

摘自列夫·托尔斯泰《复活》。再摘一句莎士比亚的话：

"我们命该遇到这样的结球甘蓝"（《辛白林》）。

莎士比亚说出我心里话，因为我从没遇到别说新近守寡的贵妇人，就是守寡在十年二十年以上的贵妇人也从没遇到。更别说遇到了解神秘主义和诗的公爵夫人了。但我和莎士比亚一样，幸运地遇到这样的结球甘蓝。况且还是紫色的紫甘蓝。

难道有红色的紫甘蓝吗？

有，当然有，紫甘蓝还有另一名，红甘蓝。

难道有黑色的紫甘蓝吗？

有，当然有，紫甘蓝在夜里都是黑的。别说紫甘蓝，就是卷心菜、包菜、洋白菜、莲花白，在夜里也都是黑的。天下甘蓝一般黑，如果在晚上，如果在当时的恶劣环境里，别指望谁的良知能够出人头地；如果你要审判，请先审判自己，一会儿扮法官，一会儿扮被告，多好玩。当然,如果你忙不过来,就花钱雇一个法官或者被告到场吧。已经上演,作为正剧的鬼把戏。

我望着前面一盆拌好的紫甘蓝色拉,其实只有几小片紫甘蓝,更多的是生菜、土豆和黄瓜。

新年茶话会上,我用护照、驾照、性用品、保健品、手提电脑、移动电话、离婚证、外汇、手表拌了盆"我爱大色拉",我加入道德垃圾、医疗垃圾、骨灰垃圾、工业垃圾、商业垃圾、生活垃圾、哲学垃圾、人文精神垃圾、艺术垃圾、石油垃圾、教育垃圾、宠物垃圾,作为色拉酱,惟一悲伤的是几小片紫甘蓝之紫之蓝。

紫甘蓝既可生食,也可炒食。为了保持营养,以生食为好。炒食的话,要急火重油,迅速煸炒,迅速起锅。

紫甘蓝剥去外套,削根洗净,切成约4厘米长、3厘米宽的条子,加少许精盐拌和,腌渍2小时后,轻轻挤去水分,深紫、中度紫、淡紫,以色列盆中,试纸一样检测得出美国态度。再浇上酱油、香油、辣油、啊哀勒武油,即可请阿拉伯开吃。更主要的是紫甘蓝腌渍出的紫色水,积攒起来可作环保涂料,刷墙——如果你需要一间紫气东来的卧室。

甘蓝,像一个朋友或者朋友名字。
紫甘蓝,像一个女朋友。

圆顶建筑

圆顶建筑,窗口可以看到。

它耸立那里,黄色的琉璃瓦金光闪耀。

圆顶建筑,建筑在砧板上。

我经过浓绿的窗口,看到她衣衫单薄地切着洋葱——大块白色,而砧板上的洋葱外皮黄色。

而大块白色是她的睡衣。

大清早就吃洋葱,够刺激的!

多年以来,我一直把洋葱认为是大地之手造出的圆顶建筑:圆顶的歌剧院、圆顶的体育场、圆顶的美术馆、圆顶的写字楼、圆顶的酒吧、圆顶的学校……戴着博士帽就更像一颗洋葱头的比较文学博士突然忘记洋葱的洋名。

我看到她砧板上的黄色琉璃瓦圆顶建筑,用洋葱学者的眼光来看,属于黄皮洋葱。

黄皮洋葱：鳞茎扁圆、圆球或椭圆形，铜黄或淡黄色，味甜而辛辣，品质佳，耐贮藏，产量稍低，多为中、晚熟品种。如天津荸荠扁、东北黄玉葱、南京黄皮。

"洋葱按鳞茎形成特性可分为普通洋葱和顶球洋葱和……"

洋葱学者说了半天，我大致明白普通洋葱才是我幻觉里伟大的圆顶建筑，而顶球洋葱只能算一堆肥皂泡。

普通洋葱每株只形成一个鳞茎，个头大，专一。有科学家指出，男人个头大，尤其是大胖子，爱情专一。

普通洋葱名字普通，实在一点不普通，就像普通话，能说它普通吗？它还要考级。普通洋葱的外皮五彩缤纷，色迷迷的好像双虹，按鳞茎皮（俗话所说的外皮）可以分出四种：

黄皮洋葱，上面已经说过；

红皮洋葱：鳞茎圆球或扁圆形，紫红至粉红色，辛辣味较强，丰产，耐藏性稍差，多为中、晚熟品种。如北京紫皮葱头、上海红皮、西安红皮洋葱；

白皮洋葱：鳞茎较小，多扁圆形，白绿至微绿色，肉质柔嫩，品质佳，宜作脱水菜，产量低，抗病力弱，多为早熟品种。如新疆哈密白皮；

蓝皮洋葱：鳞茎心形，天蓝至淡蓝色（还有青出于蓝的青皮洋葱，属于蓝皮洋葱变种），甜蜜而辛酸，肉质新鲜，耐藏性稍差，产量在青春期偏高，抗病力弱，多为早熟品种。如西班牙毕加索青皮、奥地利蓝色多瑙河洋葱。

阴平阳平上声去声，普通话有四声；黄皮红皮白皮蓝皮，普通洋葱有四色。当普通话遇上普通洋葱，或普通洋葱遇上普通话，有声有色、绘声绘色也就难免。当一个人边说普通话边吃普通洋葱，或一个人边吃普通洋葱边说普通话，是会被社会重视的。

法国厨师说，没有洋葱，烹调技术也随之消失。我觉得不对，在我看来没有锅，烹调技术也随之消失。这里不争论。在欧美洋葱被称为"菜中皇后"，那么"菜中皇帝"呢？

"菜中皇帝"是胡萝卜。

这是从象形或者比喻而来，苏格兰的政治诗人把洋葱比喻成皇后的王冠，胡萝卜比喻成皇帝的权杖。的确象形。当然，他又把洋葱比喻成皇后的阴户，又把胡萝卜比喻成皇帝的阳物，洋葱阴户如此呛人，胡萝卜阳物只能泪流满面。这是会意了。

我喜欢洋葱，切成一圈又一圈，蘸一点醋，生吃。有时候蘸酱油——酱油里搁些白糖洒些黑胡椒粉淋些香油。但还是蘸醋清爽。

我奇怪为什么我的方言里洋葱（洋葱头、葱头）和傻瓜是同义词？我的故乡人侮辱洋葱，崇拜土豆。

莴 苣

削着莴苣，气味从刀下流露，气味像是春蚕结茧的气味，有点隔夜浑浊。

莴苣的气味不好闻。

身体却水灵、鲜活。削着削着，莴苣会从手上滑脱。削皮之际从手上滑脱的蔬菜，排在第一号的是山药。山药的身体细腻、鲜活，沾我一手粘液，要冲洗半天。如果碰巧神经过敏皮肤过敏，山药的外皮还让我"七年之痒"。

莴苣的外皮，粗纤维，碧绿，有时候碧绿中沁出丝丝缕缕洋红，大有日本浮世绘里女人的闲闲情色：在眼皮和脚踵上的那抹寂寞。我以为莴苣外皮碧绿中沁出洋红的，是老莴苣。

削去外皮的莴苣，如一根钉子。（我以前用这个比喻写过一首莴苣诗）这么大的钉子，可以钉出一艘船。

我去杨湾玩，看见村民造木船，码头上堆了许多木材。

几个月后我再去杨湾，木船造好了。

崭新的木船仿佛炒饼的颜色，也有炒饼的香气。

船板上的钉子头，有荸荠那么大。

荸荠削去外皮，在菜单上就叫马蹄，清水马蹄，酒酿马蹄，口感都清爽。

莴苣用盐腌，马蹄用糖渍，最后拌一起，小饭馆里名之为"清白世家"。荸荠削去外皮，露出马脚——纯白的马蹄踏响光阴。

莴苣用盐腌，马蹄用糖渍，再洒几粒宁夏枸杞，最后拌一起，个性酒店里名之为"清白世家见丹心"。这道菜比"清白世家"要贵上六七倍，贵在宁夏枸杞？有一次我数了数，一粒宁夏枸杞真要卖五毛钱。老土啊，这就是创意。

但不管是"清白世家"也罢，"清白世家见丹心"也罢，统统不好吃。看来清白不容易，别说清白世家。就是不清不白世家，要在乱世延续，也不容易。

莴苣还是葱油莴苣好吃。

青年时代求学鬼脸城，食堂里的莴苣炒肉片觉得是天下美味，坐进铁架木板长条凳，水门汀上都是一滩滩水。厨师看到漂亮女生，就满满一勺浇入她递来的搪瓷盆，像在施肥。

前几天我在苏州园区某某记吃饭，它的门脸上赫然刺着四个字："国际名店"，吓我一跳，以为遇到发配来的武松。某某记在杭州在北京的店，以前我去，没见这四个字。老鸭煲和水晶虾仁，它的招牌菜，如今只能说店是菜非。但毕竟"国际名店"，菜品较多，我看到"莴苣干拌花生仁"，眼睛一亮，以前没吃过。莴苣干大概是酱过的，绵绵的莴苣干配对脆脆的花生仁，软硬兼施，手段不错。

其实莴苣干我是吃过的，吃的时候不叫莴苣干，被冒名顶替成贡菜。用莴苣干作贡菜卖，能卖大价钱。而好的社会应该是这样的，老老实实卖莴苣干，更能赚钱。

莴苣叶很少有人吃，偶尔用来烧一次菜饭，也别有风味。

莲藕记

莲藕味甘，富含淀粉。不仅仅是淀粉。莲藕有荡藕、田藕之分。区分看藕孔，荡藕孔少一点，田藕孔多一些。如果荡藕只有两孔，像两鼻孔似的，就是藕中极品。如果是一鼻孔，那也太少，只有出气的份儿。荡藕松脆，甜嫩，多汁，以前以苏州黄天荡所产最负盛名，中秋节前后上市。还有一种伤荷藕，是贡品，已绝种了。

刚刚走在街上，灯影里挑担的女子，卖的，竟是藕。这藕是白洋淀藕，她说。白洋淀还有水吗？野鸭是看不到了，水当然有。秋天到了，藕下来了。藕的做法很多，可以糖醋，糖醋藕丝，要炒好并不容易。毕师傅是苏帮菜高手，酱方、松鼠鳜鱼做得呱呱叫，却炒不好糖醋藕丝。我笑话他，他不服气，说现在藕不好。

藕的做法很多，可以炒辣椒，藕丝、青辣椒丝、红辣椒丝炒在一起，山河锦绣，雪里有红披风有绿裤子。北方人称藕常作莲菜，南方人就叫藕。南方人简单，一个北方人真要动起心思，十个南方人也斗不过他。而情况往往如此，北方人一般不动心思，南方人动不动就动心思，南方人还是简单。

从藕所在之地，划分出荡藕、田藕；而从藕花划分，藕主要分为红花藕和白花藕。红花藕藕形瘦长，外皮褐黄色、粗糙，淀粉多，水分少，不脆嫩；白花藕肥大，外表细嫩光滑，呈银白色，肉质脆嫩多汁，甜味浓郁。

白花藕的外表，真有出神的银白色光泽——冷比霜雪甘比蜜，一片入口沉疴痊，谁说的？

藕的做法很多，可以藕肉丸子，可以肉塞藕，可以糯米藕，可以虾肉藕饺，可以炸藕盒，可以面拖藕蟹，可以煲汤，可以炖排骨，可以凉拌，可以素吃——什么佐料也不要，什么加工方法也不用，咔嚓咔嚓咬着吃。藕丝一嘴，女子啃来，不让须眉。

中医认为生藕可消瘀凉血，妇女产后忌食生冷，惟独不忌藕，因为藕有很好的消瘀作用。我们平时吃藕，除去藕节不用，其实藕节是止血良药，偏方里用藕节六七个，捣碎加红糖煎服，专治各种出血吐血咳血尿血便血，就是不知道治疗不治疗我辈呕心沥血？

藕粉，我小时候吃的藕粉，包装盒粉绿粉绿，一角鲜花脸，待字闺中。

花菜进城

炒花菜的时候,搁点莴苣,味道会特别香。这是秘方。

我在书房,闻到花菜香了。我想那一棵花菜如此重大,滑到地上竟然"咚"的一声。

花菜要洗干净,我把它放在水龙头下冲洗,水像大龙湫砸下,砸到花菜这块不知好坏的石头上。"湫"这个字,除了浙江大龙湫小龙湫之外,很少见。我在《水浒传》里见过,居然用来形容潘巧云。

砧板上的花菜,仿佛沙漠里一大朵淡黄色的云。云的颜色淡黄,而质地却密。我们在云下赶路,闻到花菜香。我想那一棵花菜如此重大,滑到地上竟然"咚"的一声,安静的傍晚吓了一跳。

我见过一个专画蔬果的水墨画家,他会画紫茄子、白茄子,白茄子又叫银茄子,名字很好听。我不太爱吃茄子,我总觉得茄子有一股麻木味道。茄子还有个名字叫落苏,意思有点古,那天我在上海,听到一个上海诗人问路边小贩:

"侬个落苏呐吭买?"

我以为把茄子叫落苏仅仅是这个上海诗人的风雅之举,就像某中文系教授去歌厅,称小姐为女校书,后来才知道上海人就是把茄子叫落苏。说花菜说到落苏,因为我在友人家吃饭,他太太把花菜落苏一锅煮,实在难吃,记忆深刻。

我给人画把折扇,一只紫茄子和一只银茄子,紫茄子画得墩实,银茄子画得轻巧,像两口子。我特意找来银漆,把银茄子涂涂,有搞怪的趣味,银漆味道难闻,且经久不散,他的折扇,估计扇不了,他要风雅,我请他受罪。

上面说到我见过一个专画蔬果的水墨画家,他会画紫茄子、白茄子,他会画长豇豆,长豇豆很难画,画不好就像一截绿色的鞋带。但他就是不会画花菜。

有一次我见到亨利·摩尔一件名《射手》的雕塑,从某个角度看过去(记忆里从后面看过去),觉得他做了一棵青铜花菜。

我以前喜欢吃花菜肉片,那时候在学校里,吃食堂,觉得花菜肉片是一道美味。不仅花菜肉片,只要有肉片的,都觉得是一道美味,比如莴苣肉片、芹菜肉片。说起芹菜,那时候我在学校吃到的芹菜,倒是中国芹菜,不是现在西洋芹菜铺天盖地。西洋芹菜像伪劣旅游纪念品。

有人从奥地利回来,他说他如今是西餐烹调高手,会烧奥地利式的牛奶花菜。不是我一个吃,七八个人吃了,都难以下咽。原市文工团的小提琴手愤愤地说,如果奥地利人就吃这东西,莫扎特的灵气从哪里来?西餐烹调高手说中国牛奶不对。我说,对,对,中国牛奶是从水牛身上挤出来的。

而花菜伴我度过很美好的时光,我水煮一棵花菜,带点生,蘸盐吃。

平原上有一火车花菜,不远万里地进城了。

冬酿酒

1.

有得吃,吃一夜;没有吃,冻一夜。

2.

冬至大如年。

前几天,几个朋友一起吃饭,她问我,你们苏州人在冬至这一天要喝日本清酒,为什么?

我说不知道。

她说你怎么会不知道呢?

于是我只得瞎说,我说大概是这几年有钱人家时髦吧。在我印象里,日本清酒酒味寡淡,价钱却并不便宜。

她说不是这样的,喝日本清酒是你们苏州人的传统。

她说半天，我终于弄明白。她是编辑，在编某小说家的散文稿时，看到这一句话，大意是苏州人在冬至这一天要喝东洋酒。这东洋酒被这编辑一发挥，就挥发成日本清酒。

这实在是某小说家笔误，苏州人在冬至这一天的确要喝一种酒，这种酒叫"冬酿酒"。"冬酿"与"东洋"在苏州话里不是分得很清，一旦形成文字，自然就让外乡人诧异了。另外，郑逸梅先生把"冬酿酒"写成"冬阳酒"，或许更准确。不知道还有什么写法，没有细究过。

二十多年前的菜场商场，常常能见到这类笔误，不识字的老太太们倒不受影响，识字的顾客反而不知所云——这类笔误往往是用常用汉字对一些物产进行苏州读音的即兴记录。有时候竟然也很精彩。

我在胥门菜场豆制品摊上，看到"今天供应"的黑板上赫然写着："头无"。

"有头无"。

你猜得出这"头无"与"有头无"是什么吗？

"头无"原来是豆腐，"有头无"原来是油豆腐。

在胥门菜场看到"头无"与"有头无"，我觉得大有历史感，像看到伍子胥的身体在与吴王对话，吴王问伍子胥：

"卿——有头无？"

伍子胥答道：

"臣——头无。"

伍子胥的头颅被吴王挂在胥门城上，身体则被抛进胥江。这是苏州人最对不起外乡人的一件事。两千五百年以来，这件事几乎成为苏州人的原罪，让苏州人愧疚，所以后来的苏州人极少有排外心理，即使来个文化白痴，也会敬若上宾。

再说说"冬酿酒"。"冬酿酒"全称"桂花冬酿酒"，酒体嫩黄，而浮动在上面的桂花好像金屑。

"冬酿酒"只在冬至这一天吃，当然，你如果能在市面上买到"冬酿酒"，天天吃也无妨。但"冬酿酒"只在冬至节前后这几天里供应，因为利润微薄，厂家不愿意生产，有几年都是市政府作为政治任务要求厂家生产的。冬至节喝"冬酿酒"，这是苏州人的政治。

像粮票、布票一样，苏州还发行过"冬酿酒"票。后来票证取消，苏州人就排队买"冬酿酒"，提前几天就排队了。因为到冬至这一天，你根本不可能买到。

我还记得我提着个竹篮在言桥头排队买"冬酿酒"的儿时风光。为什么提着个竹篮？竹篮可以打水，怎么买酒！因为我祖母怕我把酒坛给打了。我祖母估摸着快排到我，就抱着个酒坛从诗巷里出现。

吃老酒

苏州人把"喝酒",说成"吃老酒"。"老酒"的"老",我曾经百思不得其解。后来琢磨出一点意思,也不知对不对。

北方人听到苏州人喝酒,会一脸地微笑,很不屑,苏州人也会喝酒?据我所知——耳闻目睹的,苏州人不但喝酒,还喝得很凶。我记忆犹新的是我小时候所住小巷里有位老头,除了冬天,每天傍晚都能看到他坐在门口的竹靠背上吃老酒,从没见到他吃菜吃饭,他一手端着只酒光冲冲的大海碗,一手攥着枚锈迹斑斑的棺材钉——苏州人把长钉子叫"棺材钉",说以前用来钉棺材的。撮一口棺材钉,喝一口烧酒。有行家说,铁锈能把酒中的沉香给拔出来。看来苏州真不是一个肤浅的城市,看表面实在是看不出的。"文化大革命"时候,周恩来听说苏州武斗,这位除却巫山不是云的老政治家也大吃一惊,说:"苏州人也会打架?"

春秋年间三位大名鼎鼎的刺客,有两位就是苏州人。

我的祖父就是个酒徒,他的死还与吃老酒有关。有次醉归,跌进新挖的沟里,引起心脏病复发。祖母说起他来,至今还颜色愠怒,从牙齿里吐出两字:

"酒鬼。"

我没见过祖父,祖母说:"你祖父一大清早起来,只做两件事,洗脚和吃老酒。"

我就好奇。那他晚上洗不洗脚?晚上也洗。那他晚上吃不吃老酒?晚上也吃。一天洗两次脚,吃三回老酒。

现在想来,祖父颇有魏晋风度。

父亲也吃老酒,但我只见过他吃醉一次。他每天晚上都要吃一杯,兴致高了,一般也不超过四两。

人情真是有趣,祖母讨厌祖父吃老酒,却一点也不讨厌我父亲吃老酒,她还浸了玫瑰烧酒和杨梅烧酒给他喝。我母亲讨厌我父亲吃老酒,常常会说:

"倷阿可以少吃点?"

而我在父母家吃饭,母亲每次不拉地会问我一句,要不要吃点酒?而我妻子也是极讨厌我吃老酒的,她说我们以后要离婚的话,就是因为你喝酒。

以前的苏州,也就是我八九岁时候的苏州,一晃三十多年了,苏州人常吃的老酒是这两种:

烧酒（绿豆烧、糟烧等白酒的统称），五加皮酒。

一年四季都喝这两种酒。

五加皮酒是药酒，能驱风寒湿痹，苏州人在春夏天气里吃喝五加皮酒好像还更多些。苏州的春夏尤其潮湿。老房子大都是方砖铺地，一场雨后，青苔会沿着床脚往上长，睡在蚊帐中，闻得见毛刺哈拉的气息。那时喝的瓶装五加皮酒，苏州人认为质量最好的是天津产。有时候图省几个钱，才拎着一支空酒瓶，去言桥头酱园店零拷上半斤八两本地制造五加皮酒。

五加皮酒是棕黑色的，像咳嗽药水。这是我童年偷喝了几口五加皮酒后的感觉。后来喝洋酒，我不是以为在喝咳嗽药水，就是以为在喝五加皮酒。所以至今喝不来：天生土老鳖，难学"洋格格"。"洋格格"，天牛这种昆虫在苏州的浑名。

绿豆烧的酒色是淡绿绿的，好似隔一层纱望萤火虫。成语"灯红酒绿"，这"酒绿"不知是不是就指绿豆烧，哈哈。

糟烧有股糟味。

现在，绿豆烧和糟烧都难得一见。喝五加皮酒的人也少了。

现在的苏州人夏天喝啤酒，冬天喝黄酒，逮着个机会就喝五粮液茅台威士忌人头马干红干白。都差不多了。

苏州人把"喝酒"说成"吃老酒"，"老酒"就是"陈年老酒"的缩语。酒是陈年好，"老酒"也就是"好酒"的意思。有时也并

不如此,《蕙风词话》的作者况周颐言道:

　　唐人饮酒贵新不贵陈。白居易诗"绿蚁新醅酒",储光羲诗"新丰主人新酒熟",张籍诗"下野远求新熟酒",皆以新酒为言。杜甫诗"尊酒家贫只旧醅",且于酒非新醅,深致歉仄。李白诗"吴姬压酒劝客尝",白以饮中仙称,而尝吴姬新压之酒,尤为酒不贵陈之确证。白又有句云:"白酒新熟山中归。"

酒及其他

五月端午喝雄黄酒。现在不喝,有毒。雄黄是种矿石,生长山阳,所以叫雄黄。生长在山阴的就叫雌黄,古人点校书籍,雅称"丹黄"或"朱黄",书写的时候遇到误处就用雌黄涂抹。也有怕人说"信手雌黄"的,遇到误处而改用铅粉修改,就称"丹铅"。普天之下,都是君子,绝不动手,所以难免信口雌黄了。

雄黄的药用功能,《本草纲目》上说主治"一切虫兽伤"。五月到了,气候热了,虫兽活跃了,疫情流行了,那时候没有疫苗,喝点雄黄酒,防患于未然。

五月端午还要吃粽子,据说与屈原有关。但在苏州是与伍子胥有关。两人差不多,屈原自沉汨罗,伍子胥被弃尸胥水。看来好人冤死于水的,老百姓都会用吃粽子的方式来纪念。北京人吃粽子,以后就和王国维或者老舍有关了。五百年后的安徽人吃粽子,是因为朱湘，那时候生出传说，朱湘被徐志摩逼死。

粽子品种良多，我以为用纯糯米包的"白水粽"最有味。林白水冤死香港（被东洋鬼子杀害），东洋的"洋"，香港的"港"，都带水，我们也尽可以吃"白水粽"纪念他。他是位写旧体诗的诗人，认为中国只有两个诗人，一个杜甫，另一个就是林白水。后来他觉得杜甫也不行了，追不上新时代，只剩他林白水一人。他的狂真狂，不是商业炒作。（记忆有误，这段文字张冠李戴，不是林白水，应是林庚白，特此说明，就不修改了，让人笑话，也好。老车注）

"灰汤粽"是粽子中的绝品，先把艾蒿烧灰，调成汤汁，然后用来煮粽子。"灰汤粽"在市面上早看不见了，我不会包粽子，就买来"白水粽"，自己再加工为"灰汤粽"。烧灰我还会，艾蒿晒晒干，就能烧。

五月端午那一天，还要在门上挂艾蒿和菖蒲，说是可以用它们辟邪。雄黄酒里除了雄黄，还有切碎的菖蒲根。

浸有菖蒲根的雄黄酒我没喝过，只是让我祖母用手指蘸着它在我的额头上写个"王"字。这也是五月端午的风俗。我祖母不识字，不是把"王"字写成"土"，就是把"王"字写成"干"，有一次好不容易不丢笔划，祖母她偏偏又两边出头，成了"丰"字。

九九重阳喝菊花酒，我也没喝过。

祖母常做的两种酒是杨梅酒和玫瑰酒。红玫瑰花瓣在酒里泡成黄玫瑰花瓣——酒真是个魔术师，能用一捧红玫瑰变出满瓶黄玫瑰，而无色透明的自己又摇身一变，瞒天过海，彼岸走红。

喝酒的境界

做人有一种境界,这在庄子书里可以看到。做诗有两种境界,这在宋人诗话里也可以看到。做学问有三种境界,这是王国维的说法。喝酒有四种境界,这是我的想法。在我看来,喝酒不比做人做诗做学问容易。喝酒的境界像是做梦,可遇不可求。

喝酒的境界,可分为一年、十年、百年、千年。

"一年又过一年春,百岁曾无百岁人。"

这是喝酒的第一境界,看似洒脱,实则无奈。其中是有不少伤心事的,别的且不说,时光催人老,就够人伤心的了。再说又有多少人活到百岁?生年不满百,常怀千岁忧!秉烛夜游,寻欢作乐吧。寻欢作乐实则就是无奈。所以两句诗的后面,又跟着两句:"能向花间几回醉?十千沽酒莫辞贫。"这是宋之问的绝句。这第一境界是强颜欢笑的。

"十年磨一剑,霜刃未曾试。"

这是喝酒的第二境界，喝出了慨当以慷——"今日把示君，谁为不平事。"平日里愁眉苦脸，一脸病气、晦气、小气，酒一喝，眉宇之间顿生一股勃勃英气。没喝酒时是蒋干，做些鸡鸣狗盗的勾当；一喝酒后成周瑜，谈笑间樯橹灰飞烟灭。酒是洗涤精，一洗病气晦气小气；酒是牡丹皮、山茱萸，让人挺直腰板，走出情绪的低谷，走出情感的困境，走出低谷走出困境，硬发展才是道理。这第二境界是闻鸡起舞的。

"百年那得更百年，今日还须爱今日。"

这是喝酒的第三境界，既不要强颜欢笑，太累；也不要闻鸡起舞，太苦。喝酒就是喝酒么！今日有酒今日醉，似乎大可不必；今日有酒今日不喝，似乎也不妥当。今日还须爱今日——之酒，才算顺其自然。李白月下独酌，朗声吟道："三杯通大道，一斗合自然。"此中真趣被明代大诗人王世贞偷去。王世贞有一天做梦，梦见"百年那得更百年，今日还须爱今日"两句，大喜过望，连忙敷衍成篇，最后以"何如且会此中趣，别有生涯天地间"结束。"一斗合自然"，就是"别有生涯天地间"了。这第三境界，也就是顺其自然——有点老生常谈。

"千载有余情"，我认为这是喝酒的第四境界。

喝杨梅酒的青年

我好杨梅酒之色,红得不一般。这红,是骨子里红,神采奕奕,精神焕发。所以我这好色,实在好神。"好神骏!"杨梅酒酒中神品,我说的是用红杨梅泡制的酒。还有一种用白杨梅泡制,他从浙江给我带来过一罐,酒色粉红。是酒色粉红吗?我记不清了,就当它隐隐地粉红,清澈见底,就当它是杨梅酒里的逸品。这逸品我只喝过一回,印象深刻的还是红得不一般的杨梅酒。

我想起白衬衫飘飘在湖畔喝着杨梅酒的少年。但少年不宜饮酒,我也应该遵守公共道德,就把喝着杨梅酒的少年之意象,改为喝着杨梅酒的青年。

我此刻只知道泡制杨梅酒一定要用烧酒,然后根据不同口感,加入白砂糖或者不加入白砂糖,最好是冰糖,存放的时间越长越……

我没想到这一改,几乎败兴,这一篇文章开个头后搁了十余天。

我刚才迷迷糊糊的,这就是假寐?我好像正在杨梅林里走,今年的杨梅在树上,还没有红。已经很少能吃到树上红的杨梅了,都被早早摘下,人们现在尝鲜的心理急得比觅渡桥下的流水还急(觅渡桥下是苏州的阴森之地,每年都要淹死若干个人后它的水流才会缓慢)。我在杨梅林里走,走过一棵杨梅树,就会看到一瓶去年的杨梅酒,神采奕奕站在杨梅树下。哪有这样的好事?我就继续走,反而急于想走出这机关布景一样的杨梅林。

我有过在枇杷林里、橘林里、青梅林里和栗子林里走的经验,我好像从没在杨梅林里走过,于是杨梅林让我想象力活跃。也可以说疲倦。

我觉得杨梅林里暗无天日,突然,一个喝杨梅酒的青年出现了,杨梅酒是他捧在手上的火焰。火焰香气激烈,原来是以浩荡的青春为燃料。他照亮我脚底的路:癞蛤蟆身上洁白的疙瘩有珍珠宝贝,只是线被扯断,珍珠滚了一地。

我停下身,杨梅林里激烈的香气很快烟消云散,浩荡的青春太短,经不起燃烧。但喝杨梅酒的青年他已经完成给自己的烧香过程。他是自己,他是他,永远不会和我们泡制一起。他挣脱摇动九条尾巴在城楼上花枝招展的酒精之手。

我刚才迷迷糊糊地在杨梅林里走,一棵杨梅树下一瓶杨梅酒——我却不敢喝。由于唇亡齿寒，我已经把宇宙之间的善意都当作人事局（我想打"人世间"三个字，不料却出来个"人事局"，难道杨梅酒的作用）的恶意？我从一瓶杨梅酒一瓶杨梅酒身边走过，为了坚决不受红得不一般的诱惑，我通过假寐而不看见它——我假装它不存在。我假装梦游。

我后来看到白衬衫飘飘在湖畔喝着杨梅酒的青年，杨梅酒滴在白衬衫上，飘飘的帆在湖畔经过，喝着杨梅酒的青年视而不见，他白衬衫上的酒痕，红得不一般，还有天边朝霞里的数点江山。

最可忆

　　最可回忆的,是苏州冬夜,祖母早早躲进被窝,扭响半导体,听弹词。

　　最可回忆的是苏州冬夜祖母早早躲进被窝扭响半导体听弹词时的情景,那时我在灯下读着《普希金文集》,读不大懂。这本书是我星期天去父母家的时候,藏在书包里,偷偷摸摸带回来的。我从小学读到中学,后来被姓张的一位工人女教师借走,就再也没有还我。她说丢了。

　　最可回忆的,是切开西瓜,红红的瓜瓤也像烈日炎炎似火烧。夏天,太阳一落山,小巷里的人就开始了夜生活:乘风凉。土话说"吃饱夜饭乘风凉",我看不吃饱夜饭也乘风凉。起码是边吃夜饭边乘风凉。

　　一般来说,小巷里人的乘风凉是从吃夜饭就开始的。井里吊几桶水，往青砖地头或石子路上一泼，热气吱吱叫着，看上去像尘土。不一会儿，就凉爽起来。然后搬出骨牌凳、长凳、竹靠板、竹榻、藤椅，也有卸下门板，往两张长凳上一放，又当饭桌又当床的。邻居家吃什么，假装不知。穷酸富甜，都不是味，那就不品味。邻居家吃得比你好，一看，显出你的穷相；邻居家吃得比你差，一看，现出你的富态。苏州人是既怕让人觉得露富又怕让人觉得露穷。

有位崔好婆，很有钱，她总是躲在房里喝完咸肉冬瓜汤，再手托粥碗，里面浮两三条脏兮兮的萝卜干，到小巷里来边吃夜饭边乘风凉。大家都知道她是喝完咸肉冬瓜汤来的，大家都不会说，除非吵架了，才有人说出来（或者说骂出来）。喝咸肉冬瓜汤像是罪过。崔好婆还拼命抵赖。不知道她是怕人借钱呢还是怕对人刺激——咸肉冬瓜汤对毛豆子炒萝卜干肯定是有刺激的。

我的命贱，少年期间几乎不沾鱼肉，筷子夹到碗中炒菜、酱里面的一点肉丝肉丁，也要挑出来。不小心吃到嘴里，我就想方设法吐掉。我假装吃到沙粒，但这个诡计很快就被大人识破了。我最爱吃的是毛豆子炒萝卜干，我到现在也爱吃。地不分南北，我在北京的苏帮菜、上海本帮菜和杭州菜的饭馆里都点过毛豆子炒萝卜干这道冷盆，我去苏州、上海、杭州，下馆子凡逢时令，我都会点这道冷盆，可惜都不如我做的有味。可惜我又不如我祖母和姑祖母做的有味。

越是简单的菜肴,饭馆越是做不好,这几乎是一条真理。

小巷里的人边吃夜饭边乘风凉,过饭过粥的小菜里,是都少不了毛豆子炒萝卜干的。这是真正的家常菜。家常菜有极强的时令性,不讲时令,也就说不上家常。就像死了人你大笑、人家结婚你又跑去哭上一场。我们已看到许多伪家常菜。

毛豆子炒萝卜干,小巷里的人只在夏天吃,还往往在吃夜饭的时候吃。夜饭吃过,摇摇蒲扇,赶赶蚊子,搨搨花露水,谈谈山海经。那时的蚊子也像那时小巷里的人,思想单纯。

年轻人占据好位置,凑在路灯底下。爱漂亮的,即使在闷热夏夜,也紧穿着他"的确良"的白长袖衬衫,袖口的有机玻璃钮扣,继续扣得闲人莫入。我混在人堆里,伸长脖子踮高脚尖,听人讲鬼故事,吓得不敢回家。

不远处,一个老好婆惊叫:

"扫帚星!扫帚星!"

一颗彗星在小巷上空晃过。小巷里的人把彗星叫作"扫帚星"。

不安的空气转瞬即逝,大家又说笑起来。我忘记刚才的鬼故事,这颗彗星令我激动——是我在一直看着它慢慢地钻进黑暗的洞中。

夏夜,现在能见到乘风凉的人像小巷一样,是越来越少了。

回忆年夜饭

我小时候盼吃年夜饭,倒不是馋,觉得这么多人坐在一起,好玩,心里快活,还能看到大砂锅——这种大砂锅只有吃年夜饭时才端上桌,大得像行灶。行灶现在看不见了。我不知道"行灶"的"行"是不是这个写法。那时候有两种灶,一种是砌死在厨房里的,一种就是行灶,像只小水缸,红砂或白砂,质地松脆,稍微重手重脚一点,就坏了,我之所以写成"行灶",因为它是活动的,可以搬它到巷口或者天井里烧饭烧菜。有人爱吃用灶烧的饭,有稻柴香。

那时候的年夜饭,冷盆必有熏鱼、海蜇(往往和白萝卜丝拌在一起,临上桌时浇一勺葱油)、咸水花生(带壳的,用咸菜卤浸泡几天后加桂皮茴香煮透)、白切肚(我父亲爱吃的食物)、糟黄豆芽什么的,一般是四荤四素。

热炒每家同中有异,炒青菜也是必须的,尤其是小孩必须吃上一筷子,所谓"有青头"。"有青头"是句吴方言,意思知书达礼懂道理。还有炒鱼块,"愉快"。我在年夜饭上总要闹着吃大蒜叶炒慈姑和百叶炒咸菜,叔叔孃孃们就笑,觉得我不上台面。

汤有整鸡汤、板鸭汤、蛋饺肉圆油面筋塞肉油豆腐塞肉百叶包肉咸肉火腿笋干汤(这汤就装在了像"行灶"似的大砂锅里)。

以前吃顿年夜饭,大人们要先忙上五六天,小年夜这一天特别忙,我和邻居小孩都高兴,没人管我们睡觉了,可以一直玩到半夜,口袋里装满糖果、花生、瓜子、橘子、鞭炮。有一次"捉迷藏"(我们叫"盘茫茫"或者"盘猫猫"),我躲在那里,还不停地吃,以为是花生,一口咬到鞭炮,还好,没响。

年夜饭,常常叫成"大年夜饭"。大年夜饭,当然要吃饭,也是必须的。昆曲专家顾笃璜先生生于钟鸣鼎食之家,他说他家吃年夜饭会在饭锅里把米与荸荠(荸荠柄不能去掉)同煮,吃到荸荠时,叫"掘藏"。一九四九年之前,他家里的佣人给老爷太太少爷小姐们盛完饭后就会站在一边看,看到谁先"掘藏",就喊,比如"三少爷掘藏哉",一声高喊,马上现拿赏钱。有关"掘藏",我在《清嘉录》等书中查过而不见记载,也曾向其他家世不凡的老人打听过,他们记忆里没有"掘藏"经历,所以我拿不准这是不是苏州风俗,倒有点疑心,疑心是安徽的——顾笃璜先生祖上是安徽人。

大年夜那天，不能吃萝卜干，据说大年夜吃萝卜干，会苦一世。他们越是这样说，我越是不相信，常常趁着大人不备，去灶下间（吴方言"厨房"）偷吃，然后挑衅地张开嘴巴，让他们看到我正嚼着的"春不老"（一种洒着芝麻与青叶的甜津津且嫩且脆的萝卜干）。

吃的怪癖

吃东西简直是一种怪癖。

有爱吃毒的，比如河豚。日本的馋痨胚子吃河豚，还爱吃到微微中毒状态，像喝酒——微醺是极好的境界。

有爱吃臭的，腌苋菜梗、臭豆腐。但现在的臭豆腐都不臭了。我对朋友说，很夸张地说："这真是一个淡而无味的时代啊，连臭豆腐都不臭。"

我爱上"蒸双臭"。也就是说臭的力量太小，只有让它们团结一起，或许才有臭气熏天的可能。"蒸双臭"就是腌苋菜梗蒸臭豆腐。但"蒸双臭"里的臭豆腐已经没啥吃头，苍白无力，而腌苋菜梗却丰腴滋润，臭豆腐是死心塌地的老仆人，腌苋菜梗是望春风的闺中少妇。咬住它一吸，忽见陌头杨柳色的却是我们——腌苋菜梗里的汁液仿佛陌头浓浓的杨柳色在我们舌尖上如坐春风，又坐怀不乱。

臭这种味道，很难被其他味道篡改。因为的确太独特了。伟大的诗人就是腌苋菜梗,或者是臭豆腐。李白是腌苋菜梗,杜甫是臭豆腐。诗人中有李白杜甫,食物里有腌苋菜梗臭豆腐,这真是我们中国人的福气。

腌苋菜梗的卤叫"臭卤",用它炖蛋,"相看两不厌";用它煮花生,"下笔如有神"。

有爱吃霉的,霉千张、霉干菜。霉干菜扣肉,扣到天涯海角。

除了河豚的毒,腌苋菜梗臭豆腐的臭和霉千张霉干菜的霉都是加工手艺。或者说手艺活。吃东西说到底就是吃手艺——比如"手剥虾仁",吃的就是手剥这个手艺。

手剥出的虾仁,肉质结实,一结实,味道就丰富。好像吃甘蔗,吃着吃着吃到甘蔗头,整根甘蔗的味道就被这甘蔗头给提拔出来。甘蔗没头,群龙无首。手剥虾仁就是甘蔗头。虾仁最怕烂糟糟,烂糟糟虾仁只能混进佐料——比如用番茄酱炒,和清炒虾仁一同装盆,美其名曰"双色虾仁"或"龙凤虾仁"。手剥虾仁只须清炒,味道就很好了。

虾仁中有两道名菜,苏州的"碧螺虾仁"和杭州的"龙井虾仁"。它们是茶菜。

但我最爱还是清炒虾仁。清炒虾仁还有个新名字,叫"玻璃虾仁",一指它的色泽莹洁,二指它的口感脆嫩。

以前说菜肴,只论"色香味",现在看来还要加个质,或是脆的，或是嫩的，或是硬的，或是糯的。"色香味俱全"不够，要"色香味质俱全"。

有一年，王世襄老先生向我推荐一家饭馆的"玻璃虾仁"，他说："吃不了，第二天吃，还是脆的"。

但并不是手剥的都好，有虾子的季节去饭馆吃"手剥虾仁"，肉质也不结实，因为饭馆要做另一道菜"虾子白肉"，就把河虾先在清水里搅拌，使虾子脱落。这一搅拌，肉质就给搅拌松了。有时候更惨，肉质完全成一本糊涂帐。所以要吃"手剥虾仁"，还是在自己家里吃保险。正是：

交际上饭馆，美食在家里。

万法归一

上海已故老画家唐云，年轻时以画一枝秋海棠闻名，他嗜酒嗜茶，茶喝淡了，会把茶叶捞出，盛在一只粉彩小碟里，淋上些酱麻油——吃掉。他的性情，在我看来，比他的作品更有味道。据说他受邀到北京画画，有关部门问他在生活上有什么要求，他说，我每天是要喝点人头马的。许多画家觉得受邀，就是荣誉，还提什么要求！以为唐云摆谱。殊不知只是他的性情所然。唐云收藏颇富，有一次拿出张金冬心册页，对来人说，我三十岁时觉得比他画得好，现在七十岁了，才知道他比我画得好。

陈子庄，四川画家，他是真正的死后成名。他的山水花鸟，像是在用口语写作。当然用口语写作也没什么了不起的，不管你用什么语写作，用外语，用黑话，都不重要，重要的是写得好。他自称"酒疯子"，喝酒的时候，抓一把生米下酒。不是他爱吃生米，是穷。

齐白石吃花生，一咬两瓣，囫囵吞下。这真有豪气，像他衰年变法时的魄力。

清朝末年，吴门有位画家，吃饭时都要打伞，说怕梁上灰尘落进饭碗，看来有洁癖。想象他穷困潦倒时打着把破伞蹲身喝粥，不是怕梁上尘埃落，而是怕鸟粪。此刻的他还上无片瓦，每天去大户人家的施粥处要碗粥喝。施粥处在一棵大柳树下，常有两只黄鹂鸣翠柳，黄鹂一鸣叫，就拉粪：先是鸟头一昂，再是鸟背一挺，接下来屁股一撅，接下来尾巴一抖。后来这位画家从造假画起步，逐渐发迹，有名有利，自己也成大户人家，他这时吃饭，不用自己打伞了。丫头打。早中晚三餐，使用不同的三把伞，打伞丫头也不同，分早中晚三个。记得早丫头叫"朝云"，中丫头叫"半日"，晚丫头叫"夜来"。看来这是最早的三陪了。

"元四家"中的倪云林，无锡人，中国绘画史上的大洁癖，佣仆挑来的山泉，他只饮身前一桶，说身后的那桶吃得出屁粪臭，只配洗脚。佣仆不信，快到家门口时把两只水桶一换，烧茶水给倪云林吃，倪云林一吃，吃出。佣仆被一顿痛打，逐出家门。有一次，倪云林又吃出了异味，但见新来的挑水佣仆老实，不像刁民，责问几句：

"奴才，水桶前后换过没有？"

"禀告老爷，小的不敢换。"

"奴才，屁放过没有？"

"禀告老爷，小的不敢放。"

"奴才，那么水怎么有异味，坏了我的燕窝！"

"禀告老爷，小的想起来了，小的打了两个喷嚏。"

倪云林让丫头去磨坊拿来套驴头的布罩，罩在佣仆嘴上，我猜想，这是现代口罩的雏形。

《阅微草堂笔记》的作者纪晓岚，据说平生从不食米，面也几乎不吃，光吃肉。一天要吃数十斤肉，这个数字如果夸大，那么，即使一天吃数斤肉，一年三百六十天，天天如此，也是奇人了。他可能真是位奇人，夜中睹物，如在白天，黑暗里看书不用点灯，是最初持节约能源意识者。一次，他与友好闲话，书童送上一只火腿，他叼着烟锅，不一会儿就把火腿吃完。纪晓岚烟瘾特大，烟锅是特大号的，所以有个绰号，叫"纪大烟锅"。

袁世凯爱吃鸡蛋，一天要吃十二只，早饭吃四只，午饭吃四只，晚饭吃四只。所以他当不了皇帝，至多是个相扑手。日本的相扑手一天才会吃这么多鸡蛋。

明代大文人袁宏道有篇奇文，名《醉叟记》，说的是有一位老头，不知道他是什么地方人，也不知道他姓甚名谁，因为常见他喝醉酒，故呼"醉叟"。醉叟手提一只黄竹篮，到处索酒，尽日酣沉，不食谷，不吃米，吃什么？吃蜈蚣、蜘蛛、癞虾蟆、虫蚁，况且都生吃。黄竹篮中储藏数十条风干蜈蚣，他说：

"天寒酒可得，此物不可得也。"

有人问他诸虫滋味，醉叟如数家珍：

"蝎子最好吃，可惜在南方不太见得到；其次是蜈蚣；蜘蛛要小的，味道才好；只有蚂蚁不可多吃，吃了胸闷。"

他吃得津津有味，我看得汗毛凛凛。他或许是想用这惊世骇俗的吃法，悟道修行，他嘴里常念念有词：

"万法归一，一归何处？"

这"一归何处"，使对人生的质疑又翻上一层，大概就是醉叟吃蜈蚣、吃蜘蛛、吃癞虾蟆吃出来的。

饭 局

饭局，听上去像行政机关。它的局长，理所当然是饭桶莫属了。但我还挺喜欢饭局。

我去饭局报到，常常会先"打卡"：拿起一只筷套——请座上饕餮者依次签名。雁过拔毛人过留名嘛。可以替代我的日记。之所以说常常，也就是并不每次如此。座上若有明星，我就不"打卡"，这原是我日常爱好，他或她或以为变相崇拜。我就不助人为乐了。这有点以小人之心度君子之腹的意思。座上若有鸿儒，我也不"打卡"，他或她会追着寻问——在筷套上签名有什么意义（"我是谁？"）、什么时候起这么做的（"从哪里来？"）、想怎么处理这些筷套（"到哪里去？"）。很形而上。只是吃饭并不需要这么形而上。所幸鸿儒和明星一样，即使一眼不能看出，一鼻子也能嗅出。有人说明星的味道像水煮鱼，鸿儒的气息像酸汤鱼。当然还有其他原因。比如有的饭馆，它的筷套上不印饭馆名，用的是"卫生消毒"

这样的统货。

近来我很想写写记忆中的某些饭局。找出筷套，看着上面签名，一看，竟然没有回忆。火候还没到。我就先说点别的。

北京饭馆贫富差距之大，可谓名列前茅。按个人标准说，有一人用餐十块标准的，也不算少；有一人用餐千元标准的，也不算多。甚至这样的饭馆就开在一条街上，不知道会不会矛盾激化。但北京最多的还是一些中产阶级饭馆，人均五十六十、七十八十，吃得就不错。如果点菜有道，还能省钱，那真是进了"便宜坊"，登了"萃华楼"。

点菜的学问，就是不奢侈也不寒酸。一言以蔽之：使囊底最少之钱，得舌尖最多之味。做这个学问，要有点基础训练：看得出这饭馆是哪一类的。北京饭馆大致分成三类（其实大陆大部分地区饭馆都可以分成三类），一类是"公家人"饭馆，一类是"外乡人"饭馆，一类是"本地人"饭馆。也就是说"公家人"的功能主要是满足商务活动、公款消费；"外乡人"的功能主要是钓观光客；"本地人"的功能是为城市居民甚至是为社区居民服务的，它要回头客。一般在"本地人"饭馆用餐，既能吃好，又能花费不贵。当然如要找"鲍雨艳"小姐谈谈心，"鲍雨艳"，我对鲍鱼鱼翅燕窝之类的称呼，那还是要去"公家人"饭馆，那里的厨师往往是"拉家常（菜）"

心不在焉，调戏"鲍雨艳"小姐，还是聚精会神的。

只是话说回来，至味还是在家常菜里。家常是世故，也是禅，虽说野狐，还是想象力的飞翔——化腐朽为神奇。你能把萝卜做出鲥鱼的味道，这不是想象力的飞翔吗？我认识的一个和尚，他能把菠菜做出火腿味道，还是金华火腿的味道。我以前写过，这里不费笔墨。

原先有条美食街在我家附近，兴致来了，碰巧饭局的朋友又不多，船小好掉头，我就化整为零，一个晚上吃四五家饭馆，挑他们拿手的吃。这样的吃法，吃得出本钱。这家的冷盆、那家的热炒、亮灯笼的那家汤炖得好（我是苏州人，不说煲汤说炖汤，"炖"这个音有语感：时间悠悠而去，美味闲闲而来），别看这家黑灯瞎火，不起眼，但扬州炒饭的味道还真没出扬州城，有时候差点，也在邗江或者仪征一带。有次我与几位朋友吃到凌晨，只有街尾的韩国烧烤是二十四小时营业，它是可以自己动手的，我们就拐了进去。炭火摇摇，忽然，雪花飘飘。走在回家的路上，漫天皆白，大可怀日。这条美食街在北京申办奥运会成功之后拆除了，变成块绿地。这是好事。绿地里有假山，水泥塑的，尽管粗鲁；有凉亭，尽管也很俗气，但长年锁着铁栅栏，应怜屐齿印苍苔，好像又不洒脱了。

一下，我在北京住近五年。交游较杂，饭局也就较多，内子不悦，我就反思，这几年我都与谁饭局了。这个题目较大，我就捡个小的做。这几年，我这个自由文人（这是个笑话，我给一家报纸写稿，它总要给我加个头衔，一会儿是"诗人"，一会儿是"散文家"，一会儿变成"专栏作家"，近来又变成"自由文人"），与哪些自由文人或不自由文人饭局了？

这么一想，我竟想到身份，不是说我是有身份的人；这么一想，不觉心惊，我如果只写诗，不会或者不屑写点其他文字，恐怕早就三月不知肉味。我在饭局上的身份，大致只有两个，或者帮忙或者帮闲：出版社、报刊杂志用公款请我吃饭，这时我的身份是写书评的、写随笔的，也就是帮忙；朋友邀我吃饭，我的身份当然也是朋友，既然是朋友，那么就要帮闲——齐心协力，打发时间。

在北京，不说我请你吃饭，显得小气。说的是我们喝个酒，说的是我们聚一聚。前一种说法，风流倜傥；后一种说法，山高水长。说我请你吃饭，只在这情况之下，比如有朋友请我，我觉得那地方不方便，就说，你过来吧，我请你。这时候要说。不能够让人到你家门口请你，除非让你代找饭馆。苏州雨多，北京礼多，这是我吃了亏琢磨出的，现在就当免费茶水。

这些算不算自由文人或不自由文人呢？诗人、小说家、散文家、剧作家、画家什么的，想起来，我与他们的饭局也不少。但在一起吃饭，却几乎没谈过文学艺术。小说家不谈小说，情有可原，就这么一点想法，就这么一点手法，怕走漏风声，他还在这里构思，那人早鸠占鹊巢，杀青了。写散文更多是一种心境，意会而非言传。剧作家只与老板谈他剧作。不是画商、收藏家，画家决不谈画，如果你是写画评的，画家也不谈画，他只和你讲定一篇画评多少钱。诗人在一起其实是最愿意讨论诗歌的，只是饭局上放不下架子，谁谈诗，谁就是文学青年（这有什么不好！我愿一生都是个文学青年，说明还有变数），于是全都咬紧牙关死不开口。人的本性，没几个甘为学徒的，都愿意做师傅。

千万别把中国的饭馆当成法国的沙龙或者咖啡店。这样的饭局，在我看来才像是饭局。文学艺术免谈，一谈谈虎色变。凑一起吃饭，不就图个放松。饭局后的闭门造车：闭门又造得出一辆车来才叫文学艺术。闭门造车是个好词，耐得寂寞的技术性说法，也就是术语。

那我们在饭局上说些什么？饭局的大境界，是座上天花乱坠，大家高高兴兴，第二天醒来，床头恍若隔世，忘得干干净净。于是，才有可能乐此不疲地进入——下一个饭局。

饭局是摇滚乐手那样做现场，是盛唐诗人那样及时行乐。过了就过了。而我偏偏还要筷套上捕风捉影，太欠悟性。

最好的饭局，我现在人到中年方才悟出，是一个人的饭局：点几个菜，要一瓶酒，然后看热闹——让邻桌的一帮子狼吞虎咽吧、吆五喝六吧、暴殄天物吧。

但我还是对饭局有所期待。暮春准备出门旅行，临行前我去王世襄先生家请教若干问题，不知怎么地就顺口问道："王老，你最近有没有吃到好东西？"

王世襄先生想想，点了家饭馆，他说：

"那里的红烧茄子还凑合，你回来了，我们一起去吃。"

一个人的末日

北京的秋说深就深,不免起点乡思。金风黄叶,稻粱俱肥,又是江南吃蟹天。北方人也吃蟹,只是不像江南人吃成一个仪式,吃出一个节日。江南人吃蟹,有狂欢的性质。虽然阳澄湖大闸蟹差不多已是官刻善本,拍卖会上偶然一见。它青壳、白肚、黄毛、金爪,与其他坊刻本河蟹大有区别,其实最明显的,在我看来还是在黄毛上。洪泽湖螃蟹,毛是赭色的;白洋淀螃蟹,毛则有点发黑。其实毛黄不黄终究属于皮毛,实在就是皮毛,有蟹农吃醉酒,对我说:"洪泽湖的小蟹,放到阳澄湖里养上个把月,毛也会黄的。"(补注一下:前几年又有造假新技术——用药水一搨,什么毛都能金黄。当初我写这篇随笔时还没发明)。阳澄湖大闸蟹个头大,标准是一斤两只,一公一母,称之为"对蟹"。这是新词。还有就是肉质,才更关键,它能使日常生活里的味觉转换为生命意识中的触觉与视觉,仿佛"手挥五弦,目送归鸿"的笺注。但喜欢吃蟹的人算不了美食家,我曾在江南生活三十年，还没遇到过一个不爱吃蟹的江南人。就像山东人吃葱吃蒜也到狂欢的台阶上，你照例不能说一个喜欢吃葱吃蒜的山东人就是美食家。尽管美食家就是喜欢吃，但除了吃欢喜之外，美食家更多还是特立独行别具匠心。

现在的问题，什么是美食家和到底还有没有美食家。其实这也不算个问题，我们尽可以自言自语：美就美了，食就食吧。美食是饮食的理想、梦幻，也或许是泡沫。总而言之，要比饮食高一层次。饮食以吃饱为目的，而美食是吃饱之后的淫欲。因为吃饱已不成问题，已绰绰有余，就想着吃好。吃着碗里，想着锅里，美食基本是一种不道德品质，老心猿意马的，想找老婆，找了老婆，又想找情人；想找情人，找了情人，又想找小姐。也就是说，饮食是婚姻，美食是婚外恋，或者嫖娼，最起码也是调情。美食家就是整天放着夫妻生活不过总想与食物美眉淫乱的闲人、浪人和坏人。那些标榜自己为美食家的人应该挥刀自宫，或者被阉割，这样，他或许会敬业与专业一点。有人说现在并没有美食家，因为美食家是私厨培养出来的。现代人从这家饭店奔窜到那家酒楼，能美到多少食呢？我认识的怡园后人，至今说起饭店酒楼，还一脸鄙夷。

只是美食家由私厨培养出来的这一说法，我不是太同意，但也无法争论。因为这是先有鸡还是先有鸡蛋问题。嫁鸡随鸡嫁狗随狗吧。你如果倾心于私厨，那美食家就是私厨烹出来的；你如果看重于美食家,那私厨就是美食家调出来的。一个为烹,一个为调,缺一不可。

我对美食家与私厨都没兴趣,因为可遇不可求。但我尊重具有美食倾向的人。在我看来,如果承认美食是一种境界的话,那在这一种境界有两个倾向。可能倾有高低,向有东西。

一种知堂式的,一种随园式的。知堂式的美食倾向很静,很内向,有时候简直像守株待兔,吃到一块小点心也津津有味津津乐道,外人看来不免有点寒酸。而随园式的太动,太张扬,为一点味蕾满世界乱转,像条疯狗。

我无财富,又少文化(美食是财富与文化最不存芥蒂的结合),所以只得在这两种倾向之外,所以也不敢说自己对美食有多少了解。在这个粗糙的日子里,我是尽量从污泥中吃出莲花。就是说我日常里的饮食,如果觉得其美,常常是美在吃朋友——听他们酒席上高谈阔论;偶尔是美在吃时节——檐头暮雪或者一枝斑竹上的新雨;偶尔是美在吃周围——激流,四合院,木桥,群山。

美食家的专业就是吃。美食,是既没有国际法规,也没有公共道德的,这是一个人或一群人的疯狂。也是末日。

好 吃

鲁迅日记里，记得不少的，我印象一是上书店，一是下饭馆。人饿了，思饮食；吃得饱肚子了，就又想吃得好些。这是人之常情。再说我们历史上战乱频繁，灾荒连绵，而作为农业国家，自然条件却并不理想，日常饮食，理所当然成为大事。

有客说中国文化是饮食文化，西洋文化是男女文化。话虽不新鲜，道理好像还是有的。不是说我们不男女，西洋不饮食，法国人的饮食和我们相比，或许有过之而无不相及，他们当代最负盛名的一位大厨师，烹调某款菜肴，连装菜盘子的温度都要考虑进去——先放在冰箱里冰一下子。说中国文化是饮食文化，这种说法得以成立，我想是与明清两朝有关。尽管源头更长，但已流到皮肤下的血液里，平素就不易察觉。所谓传统，更多是离我们不远不近年代里的行为、习惯。远的不说，我是相信唐朝人是绝对没有我们现在吃得这么讲究。川菜中"杜甫鱼"，肯定伪托，但伪托者多少还是把握住当时的整体风格,即无多少滋味。碰巧鱼新鲜的话,吃点鱼鲜。在宋代,饮食还是很单一的,就是美食家如苏东坡者,也无非在烧猪肉时说:"多著火,少著水。""涮羊肉"传说与成吉思汗有关,但佐料是断没有现在精致。明清以前,吃的是"烹","调"还没上升到艺术高度。也就是说,明清以来人们花在饮食上的工夫是比过去多得多了。明清是一变。民国是一变。当代又是一变,既恢复传统,又努力变革。比如苏帮菜里的传统名菜"冰糖甲鱼",我想许多人已无多少胃口。口味当随时代。对一个时代有所了解的话,大致也能推算出这个时代的口味。

尽管我们的饮食源远流长,成熟期离当代却并不遥远。其中不乏一代又一代人的努力。饮食是我们舌尖上的典籍,也是活着的,在我们身边的典籍。第一个美食家我想是孔子吧,他想通过建立饮食新秩序,以使他的思想能被日常生活化,从而潜形地教化人心。而庄子远庖厨,大概无非也是为了反秩序。孔子编《诗经》,在我看来最具仁爱之心。熟读《诗经》三百篇,逃荒路上难饿死。也难病死。一部《诗经》,其中就有许多可吃的东西。圣人让我们多识草木鸟兽之名,一是增长见闻,二也有丰富食物来源的意思。《诗经》中的植物,可当药吃,可当饭吃,它既是药方,也是食单。如"采采芣苢"一首,就是个药方,能治妇女不孕。而蕨、薇、荠、葑,全可食用,既作菜,吃多了,也当饭。现在酒家供应的野菜,我们多不认识，但《诗经》时代，或是人们主食。吃，是最怀古的行为。通过饮食，我们能很好地进入我们的传统：是饮食行为，成就我们现在这个样子。"荠菜肉丝豆腐羹"，春天的时令菜，清清爽爽一吃，不料吃到千年之前的《谷风》，"其甘如荠"。吃传统，吃文化，在暗处成为我们饮食精髓。说我们的文化是饮食文化，源头在《论语》。如果道教在文化里占主流，说不定我们就是男女文化了。道教节制饮食，动不动辟谷，但从没放弃过炼人丹。房中术就是炼人丹。所以儒家弟子不忌讳自己好美食，祖师爷如此，后代理应青出于蓝，再说上溯的几百年里，社会动荡，大多数文人已无终南可隐，四海闲地少，而最方便的莫过隐于吃喝。

吃喝有时就成斗争。记不清古代哪个君王，死到临头，想吃熊掌，实是一条计谋。因为熊掌难熟，可以争取时间，等救兵赶到。鸿门宴众所周知。金圣叹的"火腿味"流传颇广。民间故事林则徐与英国大臣斗法，也很有趣：英国大臣报复林则徐禁烟，捉弄他，请他吃雪糕。林则徐没吃过雪糕，拿在手上一看冒着白汽，就以为很烫，噘起嘴呼呼大吹。英国大臣环顾左右，呵呵大笑，林则徐也不言语，告辞的时候说明天回请。第二天，英国大臣来了，林则徐只上一道菜："老母鸡汤炖南豆腐"。老母鸡汤的油厚厚一层，煮得再滚，也看不出热气，英国大臣以为是冷菜，舀起勺子猛吃大口，基本上烫晕，又吐不出，因为南豆腐入口即化，直往嗓子眼滑溜而去。"林则徐的厉害，中国饮食的厉害。"过去做一个文人，不容易。除满腹经纶，还要会琴棋书画。更要会吃。不比现在，写几首诗，两三篇小说，就是文人，如果还通一门外语，确保大文人无疑。那些会吃的古代文人中，最一门心思的可能要数袁枚。他吃得好，咋呼得更好，虔诚，也很可爱。他采诗不免有阿谀奉承之嫌，但在吃时，觉得不味美就口无遮拦。袁枚的可爱之处，是还会说怪话，他说："三年出得了一个状元，三年出不了一只火腿。"其实袁枚的性情与日常生活，和"扬州八怪"是差不多的，只是"扬州八怪"混在盐商堆里喝酒，袁枚多在官宦人家吃饭。

袁枚《食单》，也就是通常所说的《随园食单》，我更把它看作小品文，从这个角度，倒能看出袁枚的性情、当时一个著名文人的日常生活以及他的交游。一个古代文人的交游，从他们遗留下的一些有关吃吃喝喝的诗文中能够窥见一二。杜甫《饮中八仙歌》不但让我大致领略天宝年间的神仙日子，更让我了解严肃的杜甫也有他很放得开的交游生活。不仅如此，还使我觉得杜甫也是一仙，是饮中第九仙，只是有点苦中作乐。

在袁枚《食单》中，我读出袁枚的天真，甚至他的轻信。在《羽族单》"鸡蛋"条下，袁枚写道：

> 鸡蛋去壳放碗中，将竹箸打一千回蒸之，绝嫩。

袁枚信以为真。也许袁枚有一回吃到绝嫩蒸蛋，随口一问，厨师也就信口一说。就像见到"炒西芹，色拉油二两，盐一钱"一样，看似精确，但是绝不能信。炒半斤西芹呢，还是一斤？原料没个准数，佐料或手法倒如此有板有眼。"青菜烧豆腐，日子照样过"，指的是清贫人家，而在《食单》中的《杂素菜单》中，蒋侍郎豆腐，杨中丞豆腐，王太守八宝豆腐，这寻常百姓家的豆腐，被袁枚一写，就成飞回王谢堂前的燕了。"程立万豆腐"一篇，倒是绝妙小品：

乾隆廿三年，同金寿门在扬州程立万家食煎豆腐，精绝无双。其腐两面黄干，无丝毫卤汁，微有砗螯味。然盘中并无砗螯及他杂物也。次日告查宣门，查曰："我能之！我当特请。"已而，同杭堇浦同食于查家，则上箸大笑；乃纯是鸡雀脑为之，并非真豆腐，肥腻难耐矣。其费十倍于程，而味远不及也。惜其时余以妹丧急归，不及向程求方。程逾年亡。至今悔之。仍存其名，以俟再访。

这绝妙小品像是悼文，为一款菜肴的亡失。金寿门就是"扬州八怪"里的金农，他有写鱼的一句诗：

三十六鳞如抹朱

后来我才知道，原来卢仝旧句，卢仝说的是放生，而我俗人觉得真是做汤的好原料。如果还有几管碧绿的葱段、一撮黄金般的姜丝，红鱼白汤，色彩妩媚。美食，即好色也。

饮食，到最后饮的是一份心情，食的也是一份心情。饮食时的环境重要，朋友更重要。"酒肉朋友"，在我看来倒不是贬词，找到能在一起多年吃喝又不犯冲的朋友，比找创作上志同道合风雨兼程的同仁更难。这几年文坛艺林出没多少团体，但酒肉的流派凤毛麟角。因为它是心情，无名无利，一天天地流失。流而不派，能够派生的全是各有打算。酒肉朋友就单纯得很，有打算也只打算酒肉。有一种回忆，我当时吃了什么，已很惘然，但当时的环境，却越发清晰和亲切：

借住保圣寺附近的木楼上，喊饭店送几只菜一瓶酒来，就在楼下天井摆下桌子，一个人慢慢地吃，慢慢地看月光。天井里有一棵香蕉花，就是含笑，当地人叫它香蕉花。屋檐长长的阴影，霜娥思凡，风树出尘，如梦似幻，欲醒还醉，我醉在一百年前，所以不认识你们。也不想认识你们。

青橄榄青木瓜青女子

"现在该轮到我。"

"我是个艰涩、乏味、难读、令人困惑的作家。"

青橄榄如是说。

大年初一,轮到青橄榄,用青橄榄泡茶吃。年底年初,江南的水果店就开始供应青橄榄,装在大口紧盖的玻璃罐里,全称"广东檀香鲜橄榄"。

对一些人而言,青橄榄是艰涩的,青橄榄是乏味的,青橄榄是难读的,青橄榄是令人困惑的。

对谚语里的猴子而言,青橄榄起初是艰涩的,青橄榄起初是乏味的,青橄榄起初是难读的,青橄榄起初是令人困惑的,但它扔掉之后,随即感到舌尖回甘,这种回甘搞得猴子心神不宁,它开始寻找被它刚刚扔掉的折磨。扔掉的折磨,更折磨人——因为找回这个折磨,竟然要扒塌三间草棚棚,花了大代价。

谚语曰:"猢狲吃青橄榄,扒塌三间草棚棚。"

这就是想象的存在?各种水果有各种水果的存在方式,有的水果通过女人存在,比如樱桃;有的水果通过权谋存在,比如水蜜桃;有的水果通过孤独存在,比如青木瓜;有的水果通过幻想存在,比如榴梿。每一种水果都留下一幅肖像,每两种水果都留下一场对话。

青木瓜:青橄榄是您现在使用的名字,也是您被他反复提及的名字,就好像联结您整个一生但又难以界定的位置。那么,"青",究竟"青"在哪儿?

青橄榄:在我最初的那些色彩中,我说"青","青"是这儿,就在我们内部。不是我,也不是我们,而是这儿,一个精神空间,充盈着某种东西的精神空间,寻求一个词,一次交谈,一次相聚。发生在这儿的事情,发生在意识中的事情,这是一种无法自述的意识。此时,我正与您交谈,"青"正占据着整个空间,这儿,但是您却在那儿,因为这儿已经被"青"占据。

青木瓜:您总是对您著名的"青"痴心不改?

青橄榄:我只对这些感兴趣。这些转瞬即逝的内部运动。举例说,当我们忘记一个词,当我们吃惊于一个得体的表述,当我们说出一句精彩的话,这种活动就发生了。这是对界定所谓的"记忆空洞"所做的最初尝试。

青木瓜：谈谈您所用的一个罕见人名，"广东檀香"，为什么您要用这个名字？

青橄榄：这是我偶然找的一个名字，她是我曾经认识的一个姑娘。

青木瓜：那么"刺桐"呢，也是一种树的名字，对吧？

青橄榄：这也是偶然得之。我曾到过希腊，有人问我正在观看的树的名字，我实在记不起，拼命去想它败坏了我赏树的兴致。

青木瓜：所有这些都浸透着一种诗意。

青橄榄：尤其是自从大家写诗都不押韵以后。

青木瓜：一斤广东檀香橄榄由二十只青橄榄组成，这也是有意的吗？

青橄榄：这个数字没有任何意义，纯属偶然。可以是十只，也可以是五只。只要是从内心出发的"内心运动"。

青木瓜：您也喜欢玩"内心运动"这个游戏？

青橄榄：我很喜欢。好像我也这么干，从一件事情突然转到另一件。

青木瓜：您讨厌俗套的句子，比如，"青橄榄的这种回甘搞得猴子心神不宁"。

青橄榄：对我而言，这句话是一个庸俗的信号。人们漫不经心地说出这类话，在日常生活中，这就像是过敏疙瘩，很快会过去。

但是在我的味道中，我要那些能留下来，不被忘记，而且还在发展的东西。

青木瓜：其实，也许"艰涩"的功用正是不让这些套话得胜，您的"这儿"也许正是令人困惑的空间。

青橄榄：也许吧。所有这些细微的内部活动只能通过味道传达。没有味道，就没有"内心运动"。必须把味道像事物一样拆解开，然后慢速再现，尽量放大。要重构转瞬即逝的感受。重构是一项巨大的工程，需要很多时间。但这也正是驱使我投入玻璃罐的东西。

青木瓜：味道是否就是一种好的语言调教坏的语言，比如口语，也就是口感。

青橄榄：我不这么看。我是混合书面语和口语的。也就是混合了口感和情感。

青木瓜：还有吗？

青橄榄：当然还有，比如肉感。肉感决定我的生活。

青木瓜：为什么？

青橄榄：难道您不是这样吗？还有，有人说我是乏味、难读的水果作家。您不觉得吧？竟然这样说我。的确我的味道是需要用心去读的作品。

青木瓜：您的文笔很洗练。

青橄榄：我尝试用最简短的方式最直接地向吃青橄榄的人传达

感受。比喻也应该简单。但是我却花了许多时间来赢得读者。

青木瓜：您还一直在水果店写作吗？

青橄榄：不，结束了。现在，我只在蜜饯厂写。

"我是个艰涩、乏味、难读、令人困惑的女子。"

有一天，艰涩、乏味、难读、令人困惑居然令人困惑地成为时尚。

凝 神

椿，老头

凝神干吗？为了看一个穿着白衬衫的老头，头很大，大得让我难过。他爬在椿树上，用一根带铁钩的竹竿采椿芽。椿芽一蓬蓬掉下，椿芽从老头身边滑过的时候，照绿他的白衬衫。几个小媳妇在椿树下。老头很得意，有点得寸进尺，他又往上爬。这棵椿树是香椿树，这蓬椿芽是香椿芽。还有一种椿树，叫臭椿，学名为樗，吃不得。白老头又把竹竿扎进稀疏的绿影里，椿芽一蓬蓬地掉下来了——这场景，把我从面前推开，其实是回忆把我从面前推开，一下推进比喻之中。

本草纲目，人肉

我先想到小时候——现在成了小时候的比喻。小时候我喜欢植物，这种喜欢与我多病有关。吃多中药，我就知道许多药都是植物。于是，植物成了药的比喻。而我对药的认识，如果有认识的话，不是从我的病开始，却是从一本书——龙葵、淡竹叶、山姜、紫金藤的图画精印在宣纸上，纸质极软极软。极软极软的纸质，软到慵懒，懒到散漫。我捏住它，我把这本书从书橱里抽出，像打开一只抽屉，抽屉是空的：上面的书随即落下，填补作为比喻的抽屉之空。由于有点年头，这本书的纸色灰黄，我翻动着，一如捉住蝴蝶。灰黄色的蝴蝶粉彩扑扑。

蹲在高大的书橱下，一摞横放着的书籍，一架竖立墙头的木梯，我抽掉一档梯级，站在梯上的人或人们纷纷坠落。从一摞书籍里抽出一本，让上面的书落下，这是我的游戏。也可以说是恶作剧，甚至不无心狠手辣——因为我从一摞书籍里抽书的时候，把它想象为一架竖立墙头的木梯。

五岁的时候，我常常会被父母从祖母那里带到他们家过星期天，我觉得父母家的家具都高大阴森，尤其是那只书橱，高大得好像只要一晃，就会倒地。我就常常蹲在书橱下，又兴奋，又恐惧。

因为恐惧而感到兴奋——

夏夜的屋子里听她讲鬼故事一样：她比我大很多，已快小学毕业，夏夜里串门，她老讲着同一个鬼故事，讲到一半（听上去像是一半），就猛一关灯并"啊"地一声高叫（关灯和高叫过后，这个鬼故事也就结束)。尽管这个鬼故事我都能背诵,但还是愿意听她讲,只有听她讲我才感到恐惧和恐惧中的兴奋。我也曾试着给自己讲过,讲到那里,也关灯也高叫,等待半天,就是没有恐惧感,更别说兴奋了。

我打开书橱木门,书橱分为两层,上层玻璃门,下层木门,这是一种很常见的书橱形式,仿佛现在时尚类杂志上比比皆是的半裸图片。玻璃门里的书红封面居多,一本一本竖排着,笔挺像那个时代四面八方的美术字。那个时代流行的美术字有三种字体:黑体、仿宋体和新魏碑。仿宋体和新魏碑的笔划虽说有点头脑和波折,整体形象还是笔挺。我的兴奋点在下层——不知父亲是为利用空间还是注意隐蔽,他把一本又一本书横放成一摞一摞,像一只一只关紧的抽屉。像一架架竖立墙头的木梯。

我侥幸抽出的是《本草纲目》,还正巧有"图卷"的那册。五岁的我,认为有图的书就是好书——连环画是我心目中的经典。狗尾草、牛扁、卷丹、小麦、大麦,我把"图卷"翻了一通,觉得李时珍没什么了不起呵,画得不像。他画的马兰,与祖母拌香干给我吃的马兰,我看来看去,看不出是一样东西。我问父亲,这就是我吃的马兰吗?父亲说,当然是。那个时候的李时珍,我是把他作画家看的:据说他每找到一种药草,就把它画下来。有次他在一个道观里见到一种果子,从没见过,他想采样,道士不许;他想画它,道士不许。道士还把李时珍痛打一顿，说这果子是贡品——后来我上小学，美术老师拿来一只蜡做的芒果，往讲桌上一放，让我们课堂写生，说芒果贡品。那时，我觉得比《本草纲目》了不起的是另外两本植物书，一本《南方常见中草药图录》，由专家与工农兵大学生合著；一本是四九年前版本，周建人编译的观赏植物。这两本书不但有图，还是彩色的。周建人那一本更逼真，因为是照片。

西方人把《本草纲目》看成"中国植物志"，但《本草纲目》里不仅仅只是植物，还有矿物、动物，甚至还有人物。《本草纲目》这本书我有很长时间不敢看它，因为我看到"人肉"：人得某种病后，可以割下大腿上的肉当药吃。太恐怖了，像八九岁时看到鲁迅《药》中的"人血馒头"——有一阵子，鲁迅的小说我也有很长时间不敢看。现在想想，也真是，人生一世，草木一秋，把人视作草木，也就没什么大惊小怪。况且人还比不上草木，门口那棵大桂树，祖父曾在它的影子下饮酒赏月，而祖父早已不在。

葡萄，论语，手稿，唐诗

门口还有一株葡萄。在我读过的小学里，也有一株葡萄，我们发现一条蛇盘在葡萄架上，就把它打死。前几年我路过校门而入，葡萄不见了，原先种葡萄的地方，现在是学生食堂。低矮的屋顶上，一根烟囱又小又细，简直不像烟囱，像一截粉笔头。

孔子曰"多识鸟兽草木之名"，原话是不是如此？反正《论语》也是孔子学生们的记录稿——把东村梨树迁移到西村，都会走样。为什么要多识鸟兽草木之名，因为这是药，我想孔子可谓仁至义尽。鸟兽是药，这在《本草纲目》里可见，而更多的是草木———些草木带着药香，慢慢地袭来，不可名状，其乐融融。一些药香罩住我，当我在植物面前，犹如地图上旅行：幸福的家庭都是相似的，美丽的国家全像植物园。从这点上看，《论语》和《本草纲目》是一个想法的两种说法。

现代植物分类学像一张地图，伊丽莎白·毕肖普说："国家的颜色是天赋呢还是可以自选？……地图的着色比历史学家要来得精细。"而考证与描述并不能给我一个有血有肉的国家，这正是地图的特性，它精细，却没有血肉。再没有比地图更为抽象的思想，如果地图是一种思想。地图当然是一种思想，还能看到思维在跋山涉水。

我在国家穿街走巷，并不需要地图，像我地图上旅行并不需要国家一样。傍晚的街道，灰黄色的墙壁肃穆，远处的水是放轻的。一位孩子滚着铁环——我知道这只铁环来自井边的木桶，木桶已碎，而桶中的水还是以一个透明圆柱体不乏可疑的形迹站立那里。那里，是木桶的废墟，孩子的乐园。因为孩子在废墟上拣到铁环——越滚越快，圆形被拉长，仿佛虚拟的时间，也仿佛中空的花坛，中心已被蛀空的花坛。而霞彩的赤色与粉绿流淌着、变化着，未干的画幅，不定的手稿。手稿上都有一种风声——椿树上的风声，我差不多可以返回，但我继续往前几步，就像嫩绿的香椿芽一腌，变黑了。从绿到黑，我看到时间的虚线是大步流星的。最后腐烂。而手稿不会腐烂，因为不定——手稿是生长的草，绿色的、青色的、紫色的：有关农书、有关本草的手稿。草太奢侈，手稿就是草稿。

手稿与记忆，都在十字路口，而植物从根上长出，让它的美丽去流浪。隋炀帝耳食琼花之美，就下了扬州。美是一份手稿，历史是一份手稿，现实也是一份手稿，只是对我而言，字迹都难以辨认。

而与手稿最为相似的莫过于植物了。每一刻，它们都有变化的可能——不要停下吧，为——美，为——什么！不停下的历史与现实并美，因为有了区别。人站在一棵椿树下是很脆弱的，脆弱的时候，也因为有了区别。美是区别，美是脆弱，所以没有比精致的生活方式消失得更快的事物。我们用我们的粗糙和他们的精致区别开来，尽管这也是区别，却一点也不美。区别并不就是美。

梅花开时，他就移榻园中，四周张以纱幔，月光把梅花摇上纱幔，影子回青。传统的文学艺术，是古代精致生活手中的一捧雪。

说到雪，我想起白居易。雪是白的比喻。白居易把一生诗作请人抄写三份，存放三个地方，像蒲公英成熟，被风一吹，种籽四处飘散。也像是"分株"，这是植物学术语吧，反正从白居易一式三份的行为上，举一反三，我看到古代中国诗人多像是雨前的园艺师。

唐诗是春天的植物。

宋诗是秋季的植物。

这以后的诗，大抵朽木上雕花。

唐宋诗人园艺师，明清诗人雕花匠。现在的诗人，一位偶尔逛逛花店的顾客——前几天我逛花店，发现花随人气，现在的花真是朵朵徐志摩，"浓得化不开"。

晚年的白居易，尽管多病却不能忘情，深得现世三昧。生病，吃药，也是现世的快乐呵，尤其是吃中药。中医药典，几乎是一部植物志，中药在本质上是绿幽幽的。如我行走于露水草地，这些都是药：蒲公英、半边莲、车前子；在老树下，而草而药躬着身。

茯苓饼，花脸，曹操，粉红

蒲公英。

白色。

蒲公英白色的球体——一座小小的戏园,圆顶戏园,我想起一座戏园——大红舞台,吉祥如意。十几张八仙桌,听戏的人散坐着,花瓣绕住紫檀色花芯。喝茶,喝彩(喝彩是一门技术),嗑瓜子,瞌睡,吸纸烟,吃点心——我怀念这样的状态,其中有种现世和现世的快乐。这状态是嘈杂的,现世的快乐本身就不无嘈杂色彩。

法国诗人米肖自称"蛮子",因为他认为世界的文明在东方。他到过中国,进到戏园,他说舞台上的演出与人的生存状况很接近,最让他感兴趣的是看戏的时候还有东西吃,这就造成良善和睦的气氛。

只有现世快乐之中,粉墨登场的历史同艺术下台后还会跑到我们懵懵懂懂的心里,青一块,紫一块,绿一块,白一块——历史是正净,俗称大花脸;艺术是副净。明明脸上涂抹得天花乱坠不干不净,却要称之为"净",倒不失幽默感。

历史有时候就是艺术,艺术也往往成为历史。只是历史生气,只能在鼻子里"哼嗯"几声,而艺术一旦不高兴,就"哇呀呀"了。花脸像座植物园,青一块,紫一块,绿一块,白一块地一路跟着我,像我跟紧死去的祖父。

"花脸"这个词,总让我想起童年在照片上见到的一种花卉:"抓破脸"。记忆中产于南美。白色的还是紫色的花瓣上有几道像用指甲抓出的血痕。黑血痕。红血痕。在花脸之中,看上去最干净是曹操的水白脸——水粉打底加上些黑笔道勾成，这就是所谓的奸臣脸，我们叫它"白鼻头"，也就是"白鼻子"的意思。小时候有一首童谣，见到人摔跟头就唱：

> 奸细白鼻头，
>
> 曹操摔跟头。

　　大概是这样唱的。曹操是水白脸，但在印象中白的只是他的鼻子，这无疑是受上面那一首童谣影响吧。白一块的曹操鼻子，不知为什么我会常常和北京著名土特产茯苓饼叠加一起。又白又薄的茯苓饼呵，我吃掉多少曹操的鼻子呢？

　　在童年，我总是对大人告诉我所谓的坏人坏事充满好奇，下地狱的力量远远大于上天堂的愿望。茯苓饼我吃得不多，偶尔有人从北京来，给我捎上一盒。我现居北京，倒几乎忘记这种点心。

　　又白又薄的茯苓饼，好像风（细细的春风）都能把它吹起。但茯苓我到现在都没有见过，想象它的品质洁白。隐约地想起它是菌类植物，于是我就查《本草纲目》。竟没有查到。可能是我心急慌忙，也可能是茯苓另有姓名。品质洁白的高人，一般都是隐姓埋名的。我只查到"土茯苓"，不知与茯苓是不是一回事。土茯苓有一个别名很好听，叫"冷饭团"，看来可以充饥。多识鸟兽草木，生病之际就可以自己给自己找药；遇到饥荒凶年，也就不至于饿死，饿得眼冒金星，就挖个"冷饭团"充充饥吧。尽管柏油路上，一镐下去，挖到的只是下水道。

从蒲公英到曹操到茯苓饼，我的意识也流得太快，简直不是流，像在跳。但转而一想，也不奇怪。是白作了它们的线索——蒲公英是白的，曹操的脸是白的，茯苓饼是白的，"白"，是这个片段的"形而上"。

1986年初秋，我去北京出差，回苏州时给母亲带点茯苓饼，她不舍得吃，坏了。我知道她其实是不爱吃，嫌甜。她看到坏了，觉得有点对不起儿子的孝心，就说是不舍得吃。我知道。江南阴湿，茯苓饼洁白的质地上散坐着豆绿色的圈圈点点霉斑，我觉得好看，恍如"洒金笺"之梦，就拿出羊毫，在上面写字。我写了一行字：

"谁没有一只白鼻子呢？自己的白鼻子。"

这是个文字游戏。"鼻"的古字，就是"自"。即使这个"自"字已被楷体，你多看它几眼，还是像我们的鼻子。

曹操一捋髯口，白鼻子晃动，趁他白鼻子晃动之际，我多看几眼八仙桌上一只瓷碟里的一块点心。那年，我三岁。散文写到这里，我像是越活越小了——"五岁的时候，我常常会被父母从祖母那里带到他们家过星期天"，我记得前面我这样写过。瓷碟描着金边（描金碗碟从现代家庭中淘汰出去，因为不能在微波炉里使用），在杏眼般睁大的碟底,一块红色的点心是仅剩的点心。一块粉红的点心。一块洋红的点心。一块橘红的点心。一块猩红的点心。一块朱红的点心。一块淡红的点心。一块大红的点心。一块紫红的点心。一块石榴红的点心。一块宝书红的点心。一块中国红的点心。一块胭脂红的点心。一块口红的点心。一块粉红的点心。一块粉红的点心。我想起来了,是一块粉红的点心。我站在大人身后,见到他面前的描金瓷碟里有一块粉红的点心。像一朵梅花。这是现在的比喻。三生梅花草,一位辛酸人。我站在他身后,耐心地等着他回转身来,好发现我,我想他会笑眯眯地说:

"小弟弟,拿着吃吧。"

我还不时地弄出些声响,但他一直没有回转身来,笑眯眯地说,说什么呢?他被曹操的白鼻子牵连,像自己的污点。

像一朵梅花般的一块粉红的点心,使我馋了多年。我曾经多次拉着祖母姑母的手,走过一家又一家点心店,但从没有找到像这一块如此精致与美丽的点心——在大红舞台上曹操的白鼻子下晃动的粉红和梅花。

好多年了,我似乎是走在去点心店的路上。更像是走在去植物园的路上。

植物园,我只去过一次:南京,1987。在1987年,我记得我常去电影院。这是另外的生活。

梨园,过场戏

在苏州,有一种糕点也是粉红色的,也是梅花形状,但做得很大,叫"定胜糕"。搬家时候,就要送人:送给老邻居和新邻居。还有肉馒头。……她挎着两竹篮,一篮是粉红的定胜糕,一篮是雪白的肉馒头,给同住一个门堂子的邻居挨门逐户地送着,边递人糕馒,边说:"谢谢你们的照顾呵。"这是搬走时对老邻居说的;"今后要打扰你们了",这是搬来时对新邻居说的。邻居们接过糕馒,也一叠声地答谢:"哪里哪里,客气客气。"那时候,我吃到定胜糕,就会问一句,谁搬走了,或者,谁搬来了。有时候并无人搬走搬来,是祖母买来给我吃的。

粉红的定胜糕,更像玫瑰红。搬家吃玫瑰红的定胜糕,过年吃象牙白的糖年糕。定胜糕的"胜",有人说应该写成"榫",它们在吴方言里是一个音。也有人说定胜糕的"定"应该写成"钉"——"钉榫糕"(定胜糕,确切写法或许是"锭榫糕",糕形有点像古建筑中的"银锭榫"。榫卯有像粽子的"粽角榫",糕饼当然也可像榫卯的"银锭榫")。

她搬来的时候,最惹眼是两只大黑箱子。搬运的人坐在上面,她不乐意一一把他们扯起,她对她外甥说:"怎么能坐在这上面?

没有王法。"那人大概是她外甥。后来我才知道，这是她的戏衣箱，不能随便坐，在后台，除非丑角。传说中唐明皇客串过丑角，所以后世丑角在现世里也就有了身份。她把梨园行规看成王法，那么王法在她眼中，差不多就是这样的吆喝：

"推出午门，斩！"

大黑箱子里，放着几身戏装和一对野鸡翎子——她打开给我看过其中的一只。她早没戏了。她是演刀马旦的，下放到一家灯泡厂工作也已几年。一只又一只灯泡从她手上经过，像没完没了的过场戏。

蒲公英，抽屉

蒲公英是大地上的空中楼阁。

我在空中楼阁里做梦：梦见一群人在老槐树下找到一片蒲公英，我们摘下一朵，就把它吹散，比赛谁吹得远吹得高。常常是它们飞上一阵，我们就看不见了。

满天，满地，飘着，白色。其实是灰白色的，颤颤悠悠，一根弧圆的虚线……这一根与那一根交叉、踢腿、拿大顶，我们赤了脚，脱了衬衫，在虚线上跳跃，像……踩住石头……跑……过河……流。

他揉揉眼睛，大约飞进眼睛。眼球就是一朵蒲公英。在他身后，一件又一件紫檀家具：床梳妆台椅子八仙桌——八仙桌上，紫砂茶壶大腹便便。要伐去多少株紫檀树，才能圆你一个奢华梦？他开了灯，看到，看到一抽屉寂寞，银白清凉的，溶溶欲滴的。

我看到一抽屉溶溶欲滴欲飞不飞的寂寞……前两年，我带儿子去文庙玩——那里已成古玩市场。字画，家具，钱币，玉件，瓷器，字画，家具，钱币，玉件，瓷器，字画，家具，钱币，玉件，瓷器，字画，家具，钱币，玉件，瓷器，赝品像人生格言和警句一样受到追捧。我带他到后面的荒草朽木中去，在荒草朽木之中，他见到一棵银白清凉的蒲公英。他大概是第一次见到。他跑进荒草，摘来文庙与《论语》中的眼球。

我们坐在碑廊台阶上，一个园丁拧开水龙头，水像一股绳似地掉下，一个园丁在荒草里洗手。一个园丁双手使劲一甩，然后在裤管上擦擦，走了。其实一个园丁双手使劲甩了三甩，被甩出的水珠，留在半空，两年后还没有落到实处。

碑文也留在半空，黑底白字。碑文是白字连篇。由于寂寞，由于时间，一个字也会飞出无数种籽，文化的复数。尽管我的儿子并没有朝身后吹气。阿基米德说，是他说？给我一个什么，就能撬起地球。要撬起地球干什么？地球又不是下水道盖子。但很久以来，我眼前常有这样的图景：被阿基米德撬起的地球，一下子散架，下起一场蒲公英雨。人类的家园，在它飞翔与漂泊的途中。看似灾难，实际上是诗意。或者实际上是灾难，看似诗意。

一抽屉。地球一抽屉。人类一抽屉。文化一抽屉。知识一抽屉。散文一抽屉。蒲公英一抽屉。

"你要一抽屉蒲公英干什么？"

"因为已有半抽屉。"

醉猫草，字母，词典

据说猫吃薄荷，就会醉。

我常到那一角去玩：一间破房子——没码齐的麻将牌，前面是口水井，吊桶掉下去，听不见声响，掉以轻心，声响要好久才能听见。一间破房子，水井在前面，后面有块地，扑克大小，种满薄荷。绿的薄荷，绿的墨。姑祖母一见我在那里，从不姑息迁就，就拎起我耳朵，让我上别处。我的耳朵会又红又烫，因为烫，所以觉得红，也就是看见。觉得是一种看见。姑祖母有时候说话不好听，说我贱命，这房子以前是干粗活佣人所住。后来有个青年人租赁其中，从不和我说话，我也从不和他说话。这个青年人像匹蓝色的斑马，一天到晚不出门，埋着头，抓着笔，我从窗口望望，纸上一行一行的蓝墨水。

这用蓝墨水一行一行写着的白纸，与这个青年人掺杂起来，很是神秘，于是"这个青年人像匹蓝色的斑马"了。优秀诗人都是蓝色的斑马。不优秀诗人都是不蓝色的斑马。我知道世上有诗这种玩意儿后，我想这个青年人大概是一位诗人吧。优秀诗人。会不会是叶赛宁——最初读到叶赛宁诗歌，我马上想起那匹蓝色的青年斑马、薄荷、水井、破房子和又红又烫的耳朵。叶赛宁诗歌里摇曳着很多植物，尽管我没找到过薄荷。六七岁上，我没有中国外国概念，看到海涅、雨果、普希金诗歌（我读到叶赛宁诗歌是很晚的事，那时已初中毕业在社会上混饭吃了），我以为他们就是用中文写的。当时也没中文这个概念，只以为满世界都是这一种方头方脑的文字。

　　我已记不清，也许就是想象——灰尘漫漶，黄昏黄色的尘灰，我从楼梯下的储藏室里翻出一只空铁皮圆盒，上面印着英文（邻居——一位有文化的小姑娘——告诉我这是外国人的字时，我咯咯大笑，"外国人"，这听起来多好玩，笑过之后，我说她骗人），一个一个字母（"字母"的说法，当然是以后才知道的。说法常常是术语的一个扩大），我以为是图案。人们上上下下，楼梯像是储藏室绷紧的鼓皮。那个时候，我常能看见打鼓，几乎天天有人在路上打鼓。鲜红的鼓身，金黄的鼓皮，时代的颜色又硬又响又有些火药味。

　　而薄荷在破房子后面，清凉旺旺盛盛。我把薄荷放到玻璃杯里，玻璃杯上，印着个铁路工人高举红灯。我不是爱清凉之味，主要是开水泡薄荷，绿绿的，好看。真绿，铁路工人勇敢的脸都被映绿。

有时候，也就是我趁祖母没防备的时候，往炉灶上熬得热气呼呼的白米粥锅里，扔进去一大把薄荷。一锅白粥像一口染缸，当然，这样说有点夸张，但记忆总是夸张的，记忆在夸张的力所能及作用下，翻两番，在我们心理上。夸张更多属于心理学范畴，而不仅仅是一种修辞。我把薄荷扔进去，扔得泛滥，吃粥时候，薄荷味使舌尖发冷，像脱了一件衣剥了一层皮。

……一碗绿幽幽的薄荷粥，放些糖，薄荷的凉味也就不那么横行霸道。只是那个时代的白糖稀少得像现在过多一样合情合理。那个时代的白糖凭票定量供应，小半勺白糖也就是奢侈了，我是长孙，其他都是孙女，祖母、姑祖母肯定有点重男轻女，所以我一直口福不浅。小半勺白糖舀到绿幽幽的薄荷粥碗里，漾起丝丝白净的涟漪，其实是有点柠檬黄色，像树荫上的夕照光，像瓷瓶边的金缕曲。曲终人不见，慢慢消失，江上数峰青，青到天地无声。天地就在一只碗中——民以食为天，天地一碗中，中有薄荷粥，粥冷露华浓。小半勺白糖舀到绿幽幽的薄荷粥碗里，消失直到无声。吃粥的日子，是诗意的，这话我以前说过……

据说猫吃薄荷，就会醉。所以薄荷又叫醉猫草。

薄荷，一本夏天书，我一点一点阅读着，我回来了。回忆是阅读，更是回来——这行字在南亩采桑，那行字正东地造房，喔，把梁抬高，再抬高，再抬高一些，放成双爆竹，燃结队鞭炮，抛洒馒头、糕、糖果。上梁是件大事。造房常在夏天进行，附近的小贩闻讯赶来，向屋主兜售着薄荷糕。木匠瓦工是不用自己掏钱买的，造房期间的酒菜饭、点心、烟，全由屋主供给。

薄荷糕并不好吃，起码是乡下的薄荷糕并不好吃。

喔，把梁抬高，再抬高，再抬高一些，上梁是件大事，上梁不正，下梁要歪，当然是件大事。乡下亲戚上梁的时候，请父母去吃饭。他是位花农，种了几亩地的茉莉花、白兰花和代代花。父母遇到另一位亲戚，特地从昆明赶来，还带着女儿。这小姑娘比我小，和我养的狸猫差不多大。一位乡下亲戚会串联起许多隐隐约约的亲戚，我们彼此不认识的，他都有往来。我问狸猫：

"你那里有什么花？"

狸猫叫声很细：

"缅桂花。"

"什么？"

"缅桂花。"

我从来没听说过，我没听说过的花在我想来就不是花，狸猫急了,就问我有什么,我说茉莉花、白兰花和代代花,她说这不算,又不是你的,那我有什么花呢?"薄荷!"

狸猫笑了,说:

"这算什么花呀,在我们昆明,烧狗肉吃。"

也是,我真没看到薄荷开花,竹子开花倒还见过。薄荷是草,天生的药之草,我患鼻炎之际,去看老中医,老中医大笔一挥,处方上首先写的就是"薄荷",接着"苍耳"。

苍耳很好玩,我从药包里抓出几个,把它藏在叔叔的汗衫上,他洗完澡,没头没脑地把汗衫一套,就会"啊"地大叫起来。很好玩。苍耳上(苍耳的果实上)有许多尖刻的倒刺,它会钩在狐狸或者黄鼠狼背上,让它们代为播种。狐狸和黄鼠狼结伴旅行,大开眼界,苍耳从它们背上落下,就长出碧绿的茎叶。

"苍耳"这个草名,我会想到"苍天有耳"。

破房子后面的薄荷叶,采不完,像是采不完的样子。

但我足有二十多年没见到薄荷。自从长大,离开祖母、姑祖母、姑母和叔叔。再见到薄荷,我已有儿子。

一天,我与儿子,还有一位朋友,去散步,不知朋友他从那里采来一枝薄荷,给我儿子玩。儿子摘片叶子,嚼嚼,我以为他会惊讶,不料他很平淡地说道:

"和蚊香差不多。"

轮上我惊讶,连连追问:

"怎么,你吃过蚊香?"

儿子不回答,摇摇薄荷枝,跑开了。朋友追上他,把他扛在肩头,他兴奋地晃着薄荷枝,在沉沉的星空底下。我跟在他们身后,嗅着被摇晃出的浓如火焰的清凉气息……如沸如腾的星斗下一枝墨绿的薄荷,如沸如腾的星斗下一枝墨绿的薄荷,如沸如腾的星斗下一枝墨绿的薄荷,我愉快的话,我想重复一百遍。

薄荷淡淡散来,我跟在他们身后——如沸如腾的星斗下一枝墨绿的薄荷——这香飘到我身后,就是淡淡复淡淡浅浅又浅浅的影子吧。

薄荷,多年生草本植物,茎有四棱,叶子对生,花淡紫色,茎和叶子有清凉的香味,可以入药,提炼出来的芳香化合物可加在糖果、饮料里。

抄自商务印书馆《现代汉语词典》修订本。"花淡紫色",我没见到,或许见到也不注意……薄荷淡紫色的花,在绿幽幽的气息中斑斑驳驳地浮动,仿佛莫奈的画。

词典是想象里的植物园,只是我从没把植物园想象为词典。植物园，我只去过一次：南京，1987。而写作这篇文章，使我又走在去植物园的路上。只是这植物园是虚线的、"大地上的空中楼阁"和纸本的。

鸟蛋粉绿，蛇，蟑螂花

扛着我儿子的那位朋友，其实是我儿子骑在他肩膀上，当初，他在一条内河船上做水手，他喜欢流水、暮色、鸟兽、植物，还有钱。他是位从乡下考出来的孩子，休假时候，也就经常回到乡下。他喜欢爬树，"一个穿着白衬衫的老头，头很大，大得让我难过。他爬在椿树上，用一根带铁钩的竹竿采椿芽。椿芽一蓬蓬掉下，椿芽从老头身边滑过的时候，照绿他的白衬衫"，我不知道他爬上过椿树没有，我见到的只是大头的白衬衫老头爬在椿树上。他爬上一棵树，是什么树呢？他没说。他爬到树上，发现鸟巢。鸟巢是天工开物的织锦结构，一片蓝天，一卷手札，他的手伸进寂静的洞穴里，手指的探险使昏睡的目不识丁的触觉目不转睛，屏住气，眸子清如水，他摸出的，是几枚鸟蛋。鸟蛋粉绿，他欢喜得几乎从树上掉下。

那棵树离他远了。树在暮色中旅行，新月的酒店招呼苍茫酩酊，大醉唯我独尊。一尊酒是古人与老柯与斧头柄的迷糊。他欢喜至极，像个形容词。无边无际的词在容器中才初具形体，一如勤快的初为人妇。他把粉绿留在视觉里，鸟蛋藏在胸口，幻想着孵出鸟来。你以为自己是只什么鸟？男鸟闻香识八字，女鸟闺房望秋水。他常常在一棵又一棵回家的树下吟哦踌躇，直到相信孵不出鸟来，他又爬到树上，是什么树呢？是他爬过的树，是他摸出鸟蛋的树，把粉绿鸟蛋放回天工开物后寂静的洞穴、一卷手札的织锦结构和一片蓝天。粉绿和鸟蛋留在回忆里，回忆是一只小正方盒子被一只大正方盒子套住，但这仅仅属于视觉效果，当它在触觉下、嗅觉下……我们常常不知道身在回忆的哪个地方。

有一次他从鸟巢里摸到过一条青蛇。

他来信，告诉我有一次他从鸟巢里摸到过一条青蛇——他在乡下给我写信，会夹寄上一些叶子、茎、藤蔓，等我收到，已经茶褐皮黄。时间把青枝绿叶收藏进它的回忆之中，时间的回忆是深度的失去，人的回忆是时间的失去。他休假结束，给我儿子带来一捧石蒜，我说这花不能玩，有毒，叫"蟑螂花"。

他瞪大眼睛，他和我儿子一同问我：

"为什么叫蟑螂花？"

"它的气味像蟑螂。"

"喔，蟑螂就是这个味道。"他嗅着石蒜，像是第一次听说蟑螂一样。

香花，毒草

花园里没有毒草，香花也香不到哪里去。

椿，小媳妇

他爬在椿树上，用一根带铁钩的竹竿采椿芽，几个小媳妇在椿树下，他又往上爬了爬，这场景，把我从面前推开，其实是回忆把我从面前推开，一下推进过去我所见到的另一个场景中——一个小媳妇想采香椿芽，爬了几次，都没爬上那棵椿树。开始她先跳了跳，想抓住头顶的树枝，没有抓住。她又跳了跳，还是想抓住头顶的树枝，还是没有抓住。她就伸出左手，抱住树干，又伸出右手，把树干揽定，借势一跳，其实是一爬，没有爬上。她松开手，退后几步，站稳身体，看看椿树。她又向椿树靠近，伸出左手，抱住树干，又伸出右手，把树干揽定，借势一跳，其实是一爬，还是没有爬上。她喘口气，吐了一口口水，伸出右手，揽住树干，又伸出左手，把树干抱定，借势一跳，她一屁股落实在地上。她从地上爬起，拍拍巴掌，站稳身体，看看椿树，一扭头走了。

看来她不会用腿。

周粟，薇，史记，姓薛的伙计

看来不饥饿的小媳妇，是爬不上椿树的。一个人是要常有在饥荒中度岁的感觉，有了这感觉，她就能爬上椿树。我们有的是各种菜谱，缺的就是《饥荒食单》。饥荒食单，说到底就是尽量扩大饮食范围。现在并不是凶年，但居安思危么。当然，饥荒食单也有点"打肿脸充胖子"的样子——那就是即使在饥荒凶年，我也要把日子过得有滋有味，首先是吃得有滋有味。饥荒凶年不是就没有美食，美食的涵义，恰恰在于化平常为不凡、化腐朽为神奇。只是在饥荒凶年，很可能平常与腐朽之物都难以找到。伯夷、叔齐跑到首阳山中，义不食周粟——这是另一种意义上的饥荒凶年——就吃薇这种野菜。当薇吃完，他们也就饿死。如果伯夷、叔齐有一份《饥荒食单》，吃完薇，知道还有其他东西也能吃，就不至于因薇绝而命断，这样，两人对诗歌或许大有贡献。"登彼西山兮，采其薇矣。以暴易暴兮，不知其非矣。神农、虞、夏忽焉没兮，我安适归矣？吁嗟徂兮，命之衰矣！"快饿死了，还在写诗，他们不是诗人难道是小说家吗？尽管这段历史有点像小说。《史记》中的历史都有点像小说。

美食有时候就是一意孤行、我行我素。美食有时候就是另类。苏东坡他把宋朝人一般不吃的苜蓿——喂驴的饲料——吃得津津有味。美食者是具有创造性的口腹艺术家。苏东坡爱吃的苜蓿，唐朝也有人吃了，但没觉得是美食，所以吃出牢骚。唐中宗时，有个姓薛的伙计居冷官无所事事，每天吃的又只是苜蓿，就写诗一首，中有两句："盘中何所有？苜蓿长阑干。"不料被唐中宗知道，他就下道圣旨，既然在这里吃不好，那就另找饭铺吧。姓薛的伙计因为吃不惯苜蓿，丢了官。苏东坡爱吃苜蓿，或许有用意。而我吃它，因为它的确好吃。当然加工很重要，姓薛的伙计不爱吃苜蓿，看来唐朝人的烹调手艺比他们的写诗手艺，水平差得太远。

苜蓿，我们叫"金花菜"，与"金花菜"菜名容易相混的，叫"金针菜"。

金针菜也就是萱草——萱草之花。萱草又名忘忧草，古人认为它能让人忘却愁闷。有一年我乘车旅行，见到一亩一亩萱草花，车厢里拥挤，空气又闷热得很，心想现在能下车，用鲜萱草花炒鸡蛋——鲜萱草花炒来吃……一股惆怅之味。真是奇怪，我过去吃鲜萱草花，吃出惆怅的味道，但在舌尖上却是以快乐的形式舒卷，如云似烟，琵琶轻弹。

琵琶，红花郎

我记忆的小巷里，都有枇杷树。一棵。三棵。枇杷与琵琶的关系——枇杷叶子，像琵琶形状。或者说琵琶形状像枇杷叶子。

有一个官人想吃枇杷,命下人去办。不料这下人不知道枇杷,以为官人心血来潮想吃琵琶,就把琵琶劈碎,煮了汤羹。现在有一道菜倒叫"琵琶羹"的,是鸡头米、西米加椰奶,取白居易《琵琶行》中"大珠小珠落玉盘"之意。

夏天的小巷里,有叫卖"红花郎"的。红花郎,多好听的名字,在江南,在过去,用它肥田和喂猪。

我父亲极爱吃红花郎。但我还是爱吃苜蓿。

红花郎还有一个名字,叫紫云英。红花郎写部畅销书,开始走红,红得发紫,于是红花郎就成紫云英。

紫云英现在的价钱不比肉贱,大猪小猪们是吃不到了。

诗经,菖蒲青青的岁月

以前我曾胡乱说过,《诗经》是一部药典。现在我胡乱想来,它不但是药典,还是饥荒凶年的饮食指南吧。《诗经》与《饥荒食单》差不多。《饥荒食单》换一个名字,叫《凶年纲目》可能更有味道。

《诗经·邶风·谷风》(节选):

习习谷风,以阴以雨

黾勉同心，不宜有怒。
采葑采菲，无以下体。
德音莫违，及尔同死。

行道迟迟，中心有违。
不远伊迩，薄送我畿。
谁谓荼苦，其甘如荠。
宴尔新昏，如兄如弟。

试译如下：

东风徐徐吹，有阴也有雨。
既然结同心，不该发脾气。
芜菁和萝卜，采来丢根体。
莫违昔日誓，生死在一起。

别你迟迟去，心中难分离。
送我都不愿，站在门槛里。
谁说苦菜苦，比我甜如荠。
当初新婚日，亲密像兄弟。

大致如此，错不到哪里去。只是"宴尔新昏，如兄如弟"句，通常解释为她看着丈夫又快快乐乐地结了婚，与新欢打得火热。而我的理解是她还抱着一线希望，絮絮叨叨地向丈夫描述他们当初的良辰美景，企望唤起他的回忆，从而回心转意破镜重圆。因为前一节的"德音莫违，及尔同死"是她的规劝，这一节就是她的企望。这里是节选，到了第三节的"宴尔新昏"，才是她吃醋，或者发脾气。我从我，故这样翻译。反正在这里并不重要，重要的是这两节诗中已有了四件可吃之物——也就是植物，也就是药草。草药的清香花袭人一般，不可名状，在芭蕉映绿的窗纸上，一个俯首的身影仿佛淡淡山水，药罐中的热气就是那逸气横溢的笔墨……草在生长，药也在生长，草与药缠绵同根，药草是缘，草药是份。草药更像是从药草的绿里抽出来的一叶蛾眉。在它们上面，云雾缭绕衣带渐宽——与其说药到病除，不如讲情至神来，于想象间无穷尽，一页手稿：是一页有关食单、纲目、药典的手稿：葑、菲、荼、荠，只有荠才"名副其实"。也就是说，荠在多年以前是"荠"，多年以后也是"荠"。一个词，一个物，"名"与"实"活过所有灵魂决不刻舟求剑的菖蒲青青的岁月。

一场病从1993年暮冬生到1994年初春，比我的头发还长。住院前期发烧，像"他爬在椿树上"，不下来——我常常爬在40℃的高度上，下不来。那时我不读《诗经》已有十余年，发烧的时候却屡屡烧到它。我成发烧友。早忘记的篇章，会手拉手跳将出，眼皮底下站为模模糊糊一排。这是一支极易哗变的队伍，不一会儿，云头花朵。

  携芍药过泾，香如铝皮。刺耳，抠眼。
  到渭，持未来的唐菖蒲。黄皮布老虎头在红绢宫扇的掩拂下：新橙好色。
  黄河南边的杏，黄河北边的梅，有幸有媒，更拿来旧时唐菖蒲。

  入海口仿佛灌浆的稻米——
  狗不吠即非非礼。
  蟋蟀，腹地，天平秤。

  对弈者，模拟家。猫眼执黑先行，白者为鱼目。混珠？婚者，椿树杪上粉红颜乘大船破春而来：
  为谁迎娶花娘呢？

  椿树上的嫩芽，是粉红色的。白雪遗音山茶红颜，新春椿树上的嫩芽就是粉红颜。一块粉红的点心。一块洋红的点心。一块橘红的点心。一块猩红的点心。一块朱红的点心。一块淡红的点心。一块大红的点心。一块紫红的点心。一块石榴红的点心。一块宝书红的点心。一块中国红的点心。一块胭脂红的点心。一块口红的点心。一块粉红的点心。一块粉红的点心。我想起来了，我是好色之徒，你们则是饕餮鬼。"食"，"色"，发音差不多。

荠菜，火车开走，羊粪

荠菜分裂了一片羽毛，分裂得那样深，像是用刀子刻出。荠菜叶让我想起我曾见过的版画。

谁没见过荠菜呢？即使没见过大地上的荠菜，也会在厨房里见到。作为一年生或多年生的草本植物，它既可以是"一"，也可以是"多"，数量并不能影响到它个性的质量。

像在铜矿石的硬面上词不达意地凿出白色，荠菜的花，星星，点点，开出这些花，开出这些花与说出这些话一样，它并没有回避什么，要回避的不是痛苦也不是或许的快乐。因为痛苦，痛苦是词不达意的；或许也因为快乐，快乐也是词不达意的。痛苦和快乐，当被词描述、被相写生，它就像采来芜菁、萝卜，却丢掉它们的大根。也就是说没有一个有关痛苦或快乐的词能够到达痛苦或快乐之意，痛苦，快乐，屋顶下的露天，沸腾的凉水，虚线的、"大地上的空中楼阁"和纸本椿树——一个小媳妇看看椿树，一扭头走了，不是她不想爬上去，因为她不会用腿——当她学会用腿的时候，椿树已成纸本：一个要用手写出或用嘴说出之词。

痛苦一经言说，就是欲望。快乐也是如此。回避的只是口若悬河，在一个看起来像是灵魂的旱季。

而灵魂有时就近在眼前，它毫不经意……藤蔓上的豌豆荚，字正腔圆的豌豆，在碧绿的刀鞘里蠢蠢欲动，我能想象得到，想象就是看见，我能看见一颗又一颗生青的珍珠，它的蠢蠢欲动是灵魂的呼吸，刀鞘碧绿，灵魂一会儿斟词酌句，一会儿……在另一个地方，又如此粗心大意，像一棵粗枝大叶的树，一棵远山顶上"撑高了蓝天"的初夏的消息树……而存在与表现，在一朵荠菜花身上，就既是"一"，又是"多"，是看上去总比"一"要小得多的"多"——荠菜花的开放这存在与表现的起点，就是非"一"非"多"。开放的荠菜花，是对荠菜花的放弃，起点意味着放弃。最终它只放弃而不回避，它从没有回避什么，因为回避不是勇气不够，恰恰是勇气对它而言已不是一种选择。

一片羽毛分裂了飞鸟，荠菜分裂了一片羽毛。荠菜的叶子羽状分裂，分裂得那样深，像是用刀子刻出。荠菜叶让我想起我曾见过的版画……灵魂在一块木板上，它并不是被创造的，它早就在那里……身上敲着钉子的梦游者……眼、手、腿、鼻错位但秩序井然的鬼怪……睡在深处的白昼之静……深绿色的魔法与咒语——一株植物就是一种深绿色的魔法、一种深绿色的咒语，但魔法与咒语非"一"即"多"非"多"即"一"，而一株植物就既是"一"，又是"多"，非"一"非"多"的痛苦或者快乐。痛苦在我看来，更像是快乐的部分。

青花碗：黄金的笋片，绿玉的荠菜；

青花碗：白雪的豆腐，绿玉的荠菜——

这是一个干净世界。

荠菜可与笋同炒，若作荠菜豆腐羹，也极鲜美。色就是香，就是味，味中之味，身体里的身体，内中之内，词里的词，地球一味，人类一味，文化一味，知识一味，散文一味，□□一味，□□一味，□□一味。许多菜蔬都要轧荤道，否则出不了鲜，而荠菜无所谓。荠菜的个性强，肉丝炒它，它的菜味也不会被霸气的肉味夺走。一股清寒的苦味，越嚼越香——尤其是荠菜头，《菜根谭》里的"咬得菜根"（菜根就是菜头），如咬的是荠菜头，那只管谭，菜蔬里的荠菜头，水产里的鲢鱼头，果品里的甘蔗头（"渐入佳境"这则成语，就是顾恺之啃甘蔗头啃出的），头头是道——道不尽的美味。只是现在的荠菜，已是人工培植——沙棘丛中的民间歌手，从音乐学院进修回来，蒸汽留在那里，火车开走。

沙棘枝像苍耳——"苍耳上（苍耳的果实上）有许多尖刻的倒刺"——但在宜川黄河滩头上的沙棘，这我亲眼见过，却没有倒刺，传说为不钩住光武帝衣裳,让他迅速逃走。那当然是光武帝最倒霉的时候,因为他那时还不是光武帝。

宜川在陕西省,铺镇也在陕西省。我在铺镇——九岁上下吧——祖母曾领了我和表妹们去采荠菜。祖母不说"采",说"挑",挑荠菜,到荒野中去挑荠菜,到旷地上去挑荠菜,到坟头边去挑荠菜。"挑",吴方言中指从下往上的手的动作。吴方言我现在想来,是很精致的。桑叶蘑菇,说"采",扁豆豇豆,说"掰",马兰头荠菜,说"挑"——在老一代人那里,动词分得很细。"春在溪头荠菜花",祖母领了我和表妹们,去挑荠菜。祖母挎着竹篮,我和表妹们高唱"羊屎巴巴黑豆豆"——一首童谣,就这么一句——在祖母身边跑前跑后,出了厂区。

铺镇蔬菜品种很少,我记得常吃的是个头硕大的菠菜。铺镇的菠菜有股羊骚气,祖母说:

"是用羊粪浇的吧。"

"浇",施肥的意思。

椿

为了看一棵椿树。椿树上既没有老头,椿树下也没有爬不上这一棵椿树的小媳妇。

拦腰与摘抄

1. 像是拦腰一刀,这篇《采芝斋的虾子鲞鱼与四味粽子糖》旧作前半部完全可以删除,从后半部开始摘抄。

2. 有关采芝斋,虾子鲞鱼的外包装上有段介绍,短短两句,倒也说得明白:

苏州采芝斋始创于1870年(清同治九年),以产苏式糖果、炒货、蜜饯、糕点、咸味而驰名中外。

虾子鲞鱼就是它的咸味。
有关虾子鲞鱼,它的外包装上有段介绍,话虽然多了点,倒也"可口":

虾子鲞鱼是本厂最为著名的产品之一。是百余年来采芝斋食品艺人糅合了苏式烹饪和苏式蜜饯制作技艺的结晶。素以工艺独特、鲜香味纯而脍炙人口，食粥尤佳。是馈赠亲友的最佳礼品。

虾子鲞鱼的味道不用我多说，它是苏州老字号里的尤物。只是"食粥尤佳"一句，我觉得含糊。食粥时吃虾子鲞鱼，应该是冷粥或温吞粥，味道才尤佳。如果热粥，虾子鲞鱼就腥了——嘴里热粥的热气会把虾子鲞鱼的腥气猛地激活，不够容与。如果有人爱吃热粥，我试过用热豆粥搭虾子鲞鱼，虾子鲞鱼的腥气就来得含蓄，比热白粥搭虾子鲞鱼的品质要高。

当然，虾子鲞鱼对我而言，是佐酒尤佳，佐酒的时候我又有一点臭讲究，就是非黄酒莫属。午夜独坐高楼，一块虾子鲞鱼，一杯黄酒，于是我不免把话往大里说：我竟然爱人类的寂寞。一盒虾子鲞鱼，200克，眼睛一眨，常常就吃完了。

采芝斋早期以它的糖果著名。我过去有篇文章，写到它的糖，记忆里只有三种。前不久，我妹妹却给我捎来一盒四味粽子糖。四味是这四味：薄荷粽子糖；玫酱夹心粽子糖；松仁粽子糖；拉白夹心糖。

这拉白夹心糖，居然一点记忆也没有。

我小时候最爱吃玫酱夹心粽子糖，口语里好像叫玫瑰粽子糖，抿它一阵，收紧舌尖与上颚（苏州人把"上颚"喊成"乌龟壳"），能吸出夹心的玫酱。这一刻最为快感。现在玫酱夹心粽子糖，已经吸不到玫酱了，玫酱混在糖里，只能说是玫酱夹肉粽子糖。幸好还有玫酱味道。昨天我连吃几粒松仁粽子糖，一颗松仁都没吃到，不妨叫松风粽子糖吧，还雅。薄荷粽子糖吃得不多。薄荷型的吃物，我都吃得不多，它是夺口味的高手。贵州菜里有拌薄荷，吃了它，什么菜都没味道。

  现在的粽子糖个头小多了，很符合现代人饮食习惯，只是我想它既然称之为粽子糖，还是应该像粽子形状，如果像的是防洪抗洪沙包——尽管粽子与沙包都与水亲近，但总是一种遗憾。

粮 食

秋深了，一下没有蟋蟀的鸣声：胡须像被剃光。月色本来挂在蟋蟀的胡须上，现在只得满洒一地。"删繁就简三秋树"，秋天是理发馆呢，剪刀沙沙如沙漏——儿子的玩具沙漏里，紫色的沙像内衣脱掉又穿上，穿上又脱掉：一个虚无的家伙在睡觉在洗澡？它倒不畏冷僻。

没了蟋蟀的鸣声，而雁叫若面孔发白。秋天是唯美的。唯美就是省略：使它之外的场地变得空大。我就在这变空变大的场地上，放牧以上文字。我不喜欢这些文字，甚至讨厌。当我写下《粮食》这个题目时，内心一种朴素的感动。不料落笔却迹近《画梦录》。看来我还得在袅袅画梦里再引申一番，才能回到现实——有关粮食的现实中来。

粮食：一粒联翩羽种。

"羽种"是我生造的词。源于幻觉：一粒破土而出的种子，就像一片在暗夜惊起的羽毛。

中秋夜，月上迟迟，我就早早睡下。

我成电影放映员。

趴在自己的窗台上，我往对面一幢房子放映一部电影。那幢房子无门无窗。许多人在我周围看着、叫着；欢乐，悲伤。老张、小李、马蹄、古龙、贵妇人、孔子、郑成功、表妹，还有周恩来——他们都成为看电影的人。

电影中，一座圆顶图书馆着火了：书籍扑克牌般乱飞。于熊熊火焰之中，游戏规则冒着呛人的黑烟。"救火啊！"兀兀然兵马俑纷纷上场，扛着一个又一个儒生，如扛着灭火器，把他们扔进着火的图书馆……

由书籍引发的火灾，灭火的也只得是知识或知识分子吧。梦境之外，我想。就写上这句，把我的梦境打断一下。

也许这边看电影的人太热闹，对面房子里的人终于有所警觉。一阵挖掘（的声音），墙上出现大洞。洞是门窗的祖先。电影中的火一下找到出口，猛地烧进房子里去。

……

隔河，我的姑祖母出现。她已死去多年，愿她安息！她一出现，火就灭了：只见我的姑祖母手拿一只饭碗，她说：

"能吃饱肚子，还发什么火呢？"

这是我今年中秋节做的一个梦，梦里我可能很恼火。因为那晚我喝了不少酒，没吃饭，半夜之际饿醒。尽管我现在清楚地记得我是这位电影放映员，但这个梦如果照录，篇幅就太长了。我简单地写出这些，因为这个梦只有"碗"似乎与《粮食》有点关系——这是一篇命题作文，昨天晚上，妻下班回家，扛只包裹，说：

"刘寄小米来啦！"

看这包裹，够大的，足有四五十斤容量。我已有十余年没有吃到小米，偶尔和刘说起，她果真寄来了。南方的粮店里见不到小米，据说碰巧会在花鸟市场上遇到，用作鸟粮。

刘在"邮寄内容"一栏中，填了"粮食"。妻告诉我时，我连说真有意思真有意思。儿子一旁嚷嚷，他才进学校，对老师有一种莫名崇拜，所以自己也老是想做老师，他说："我命令你写一篇叫《粮食》的作文，我要批分数的。"这就是此文写作的起因。命题作文难做，我绕几个圈子才绕到被命之题上来。

晚饭后，我拆开包裹，里面装了五个小布袋。逐一打开，是小米，是黑米，是苞谷渣子，是绿豆，是……还有一种，我也不认识。每打开一只布袋，妻和儿子就把头一伸，我说"小米"，他们就抓起一把小米看看；我说"黑米"，他们就抓起一把黑米看看；我说"苞谷渣子"，他们就抓起一把苞谷渣子看看；我说"绿豆"，他们就抓起一把绿豆看看；我说"不知道"，他们就抓起一把不知道看看。

妻童年的时候随父母下放，在乡村呆过，却不认识小米、黑米和苞谷渣子，我有些奇怪。她说："我们的乡下只种棉花。"难怪她现在喜欢棉质衣品，大概属于怀乡情结。这五布袋粮食中，儿子只认识绿豆。对粮食，我们的知识都太贫乏。双手插入"不知道"布袋里的时候，我有些羞愧，一个农业国家的人，日常里对粮食竟很漠然。

粮食，它几乎是停留在抽象状态，偶尔想起，只有心静的时候才依稀领悟到——我想粮食是比小米加上水稻加上麦子加上……还要来得大的纯洁物质。小米、水稻、麦子，是粮食的局部，可称之为农作物。但粮食在很多时候并不是农作物形象，所以它也不会仅仅去代表小米、水稻和麦子。这样一想，似乎又失去其朴素性。想象刘在"邮寄内容"一栏中填上"粮食"两字时，她很虔诚。

南方多雨，为了防潮，我把布袋们藏进缸中甏里。粮食常常和布袋联系一起。布袋和尚，他是一个了解粮食秘密的人吧。而我觉得我只是一头快乐的鼹鼠：秋天了，把过冬的食粮藏好。食粮在藏好之前，它们还都是粮食。

粮食是公共花园。

食粮是私人盆景。

词序不同，词义顿有不同的光与影。

"明早我们是熬小米粥呢，还是黑米粥，还是苞谷渣子？"临睡前，妻指点着想象中的五个布袋，犹豫有余，又绰绰有余。

这篇命题作文写得好累，有苦同当，我让儿子也写篇《粮食》，但他只肯口述：

"道德教育"课上王老师说："小朋友要珍惜粮食，什么叫珍惜？就是舍不得。"为了珍惜粮食，我就舍不得吃饭，我每天可以不吃饭了，一直玩。可爸爸妈妈不同意。嗨，王老师骗人。

儿子 口述
老子 记录
1996年10月4日傍晚

吃扁豆的习惯

一个人的饮食习惯像一个国家的文学习惯,是很难理解的。美国人喜欢的《红字》作者霍桑,只是个二流作家,情节上矫揉造作,漏洞多得像漏勺,美国人就是喜欢霍桑。爱伦·坡当然是天才,美国人并不喜欢他,与其说是不喜欢,还不如说是不信任。因为爱伦·坡的作品中没有霍桑的本土关怀,更多的是异国风情。(**老车注:对,就像我在北京街头见到西餐馆这类的异国风情,总是缺乏信任感**)

毛姆这么说。

饮食习惯中的很大部分划给了本土关怀,毛泽东身在怀仁堂,放眼的还是辣子和红烧肉。他在陕北多年,并没有爱上酸菜和油馍;他在北京这么多年,也没有爱上豆汁和驴打滚。

驴打滚,一种北京小吃。

本土关怀,作为饮食习惯中的世界观与地方性,是极其狭窄的,酸菜和油馍,豆汁和驴打滚,对毛泽东而言,就是异国风情了。而欧洲人为了表达他们文化的开放性，不远千里来到中国，在饭店里喝汤，也坚持要用筷子。对异国风情的迷恋或者爱好，或许是优越感的曲折表现。

罗兰·巴特说：

"筷子在他们手里是飞翔的翅膀，到了欧洲人手里，无疑是拐杖，凄凉的是——还是双拐。但我宁愿挂它，比起刀啊叉啊这种屠杀的感觉，还是好。"

一个国家的文学习惯像一个人的饮食习惯，毛姆这么说。

（在散文里）毛姆说得很好，他本人的小说却不怎么样。他迫于压力或者是为自己辩白，他开始和多数人一起抬举契诃夫。我也是喜欢契诃夫的，我认为短篇小说在契诃夫之后，只有短篇，而没有小说了。现在多数人一起抬举博尔赫斯的短篇小说，我也是喜欢博尔赫斯的，但我还是更同意纳博科夫那句话："博尔赫斯——南美的一个小品文作家。"在纳博科夫那里，或许是轻视；而在我看来，真是独具慧眼，其中有纳博科夫对异国风情的拒绝，所以他长得也像一块红烧肉。

我准备写一篇有关扁豆的小品文，不料写到文学。我在准备扁豆素材的时候，突然想起契诃夫有个小说，他写他看到十几个中国人在一起吃扁豆，有一个人一定要把扁豆横着夹起后，才吃。像一艘船嘟嘟嘟地开进嘴里。

我不知道扁豆在扁豆学中如何划分，我只根据我的眼睛来区别扁豆。

紫色的，我叫紫扁豆。绿色的，我叫绿扁豆。粉色的，我叫粉扁豆。青色的，我叫青扁豆。红色的，我叫红扁豆。我有时候会把青扁豆和绿扁豆搞混。我从来没有把紫扁豆和红扁豆搞混过。白色的，我叫白扁豆。黑色的，我叫黑扁豆。

我喜欢紫扁豆。

叶子落下，黑扁豆爬满粉墙，"愿爱与慈悲／阖上它双眼"（乔伊斯《咏扁豆》）。乔伊斯不能用它来煮扁豆汤了。

我不论清炒扁豆还是红烧扁豆，都要放姜，一放放不少，否则我会觉得腥气（在蔬菜之中我觉得扁豆是最接近鸡鸭鱼蛋的植物，还有茄子，还有鱼腥草……），这是我吃扁豆的习惯。

牙膏的来历

不是天天要用的牙膏,我说的是一个人绰号的来历。"牙膏"是一个人的绰号。

"牙膏皮,换糖吃。"

这句话淮南方言读来,是押韵的。淮南朋友给我读过,像唱一样好听。好就好在土得掉渣。并不是方言都土得掉渣,上海话就很洋气,以前半殖民,现在大概后殖民了。

土得掉渣,怎样才叫土得掉渣呢?我也百思不得其解。

风刮过后,扬起的是干尘,不是渣;雨下过后,踩到的是烂泥,也不是渣。土哪有渣!所以土得掉渣,是想象力作怪,不容易。

以前的苏州小巷里,常能看到一个老头,挑着两只箩筐,给人换糖吃。碎玻璃可以换,旧报纸可以换,可换糖吃的东西很多,还有,就是牙膏皮。

一块牙膏皮能换到眼屎那么大的一块糖。当然不是人的眼屎,是老虎眼屎。小时候听人说,老虎眼屎有邮票那么大,我就到动物园去看。没看到老虎,我们那里阴湿,老虎得了风湿性关节炎,不幸身亡。我只看到狮子,狮子光有毛,好像没眼屎。

邻居小孩,以前也是"大名鼎鼎",自从那件事后,大家就都喊他绰号:

"牙膏。"

他看到换糖老头,忙奔回家找——碎玻璃没找到,旧报纸也没找到,只找到一支牙膏,是他妈妈刚买回不久的,也就没戏。

盼星星,盼月亮,他天天盼着牙膏用完。每次刷牙,就多挤点牙膏,他妈妈见了心疼,差一点揍他。即使这样,一星期下来,牙膏的选票还是没有过半,选举也就不成功。馋火攻心,他要作弊了!他把牙膏往碗里一挤,举着牙膏皮像背上包袱去投奔工农红军一样,他去找换糖老头。

他应该吃到糖了,结果还是没吃到。

换糖老头近来已不收牙膏皮了。换糖老头收碎玻璃旧报纸牙膏皮什么的,也是转卖给废品收购站。前不久他的一麻袋牙膏皮统统被收购站没收,还让他交待。因为当时牙膏皮上常会印段语录,比如"千万不要忘记阶级斗争",牙膏用着用着这么一卷,就把牙膏皮卷成"要忘记阶级斗争",这不是反标吗!反标——"反动标语"简称。换糖老头又不识字,为了保险起见,换糖老头下定决心,糖是要换到底的，但牙膏皮绝对不收。

我的邻居，他的绰号应该叫"牙膏皮"才对，为何大家都喊他"牙膏"呢？

可怜我的邻居"牙膏"，背上"牙膏"这口黑锅，却并没有得到"牙膏"好处。别说是老虎眼屎那么大的一块糖没吃到，就是人眼屎这么大的一块糖也没吃到。

"牙膏"回家，倒没挨他妈妈的揍，他妈妈只是让他把半碗牙膏给吃下去。这就是他绰号"牙膏"的来历。

他妈妈边看"牙膏"吃牙膏，边问：

"甜不甜？"

穷困到看不见前景的日子，人心也狠。邻居中还有一位妈妈，去"民兵指挥部"检举他的两个儿子里通外国：一个儿子偷学俄语，一个儿子收听敌台。那时，除了中国、朝鲜和阿尔巴尼亚电台，其余国家都是敌台。比现在多一个。

饼干故事

我读中学时候，班级里流行一个暗语，叫"夹心饼干"。谁早恋了，就喊谁"夹心饼干"。不知道谁发明的，意思也不是太能明了，但大家都明白。

那时候市场上有"夹心饼干"卖了，尽管奶油燥得一如泥巴，吃在嘴里，碰巧吃到饼干厂水平发挥得好的一次，也像砂纸在不厌其烦地磨着牙齿。如果饼干厂发挥不好，咬一口"夹心饼干"，就像用大锉刀猛锉一下舌头。

但不管怎么说，"夹心饼干"终于能在市场上见到。我读中学之前，印象里没有吃过。

我童年吃过的饼干，只有三种。市场上也只有这三种饼干买得到。有时候还断档。营业员站在玻璃柜台后面，不怀好意地对顾客微笑。那时的营业员，比甲鱼还凶——公共汽车上，一个小女子提着甲鱼，甲鱼第一次坐公共汽车，也就有点措手不及，看旁边有根黑乎乎的棍子移来，它就自卫，一口咬将下去。不料那是他的腿。凡被甲鱼咬住，它就不松口，这个大家都知道。杀甲鱼的拿根筷子捅它嘴巴，逗它咬住，就能把头牵拉出来，一刀一刀地砍，它是视死如归，不带往里缩的。这时公共汽车上的一位农民伯伯让他和她学到知识，农民伯伯说，用水淹它。两个人下车找水，小女子拽紧栓着甲鱼的绳子，甲鱼咬在他的腿上，这是大腿，水要淹到这里可不容易。那男的实在忍不住疼，就跳了河。那小女子舍不得甲鱼，也跟着往河里跳。甲鱼果真松口，自由自在去了，小女子不会游泳，一跳到河里，别说甲鱼，就是金甲鱼钻石甲鱼美元甲鱼，她也会松手——放开缠绕在手指上的绳子，绳子在水里飘动挂在椅背上的裤腰带。后来这两人成全天底下一段姻缘，虽然落入英雄救美的俗套。这是真人真事，妈妈告诉我的，他是我舅舅，小女子，后来我还要叫她舅妈。

　　说是饼干故事，怎么讲了半天甲鱼？因为改革开放期间有种"鳖精饼干"问世。甲鱼也叫鳖，又叫王八。说到这儿，我又要插一段另外的故事。

　　我去无锡找朋友，不在，他老婆说：

　　"鳖里去了"。

　　我听不懂。原来无锡话里，"网吧""王八"一个音，转换成"鳖"自然顺理成章。这是学问，还是说说我童年吃到的三种饼干吧。

一种"杏圆饼干",铜钱大小,杏子般金黄,一边扁平一边圆。我爱吃扁平处微糊的杏圆饼干,在淡淡的杏子味里会拔地而起一股浓郁的焦香。

一种——我到现在还不知道它确切写法,是"鸡油饼干"还是"鸡圆饼干"?说是"鸡油饼干",我并没有领略到鸡的风情。苏州话里,"油""圆"一个音。这种饼干形状滚圆,狗皮膏药中间那块膏药大小。我不爱吃。

我最爱吃的还是苏打饼干,它在三种饼干中最为便宜。有志不在年少,好吃不在价贱。苏打饼干当时有两种,一种是本地产的,一种沪产(也就是上海制造)。本地产的苏打饼干好像木屑板,沪产的苏打饼干好像——像什么我说不上来,因为这是我童年吃到的最好饼干。

岂止童年,也是我至今吃到的最好饼干。好吃的东西,存在于回忆。我现在常常觉得我在吃垃圾——如果去饭店,不无身在垃圾场之感,但放到八十岁,那时牙齿落尽,再来回忆,或许"其甘如荠"哎哟。

梅 饼

今年春节就在北京过了。春节之际的北京几乎空城,难免冷清。儿子从苏州来,给我捎点吃局,苏式蜜饯有九制陈皮、白糖杨梅、支酸多种。支酸几年没吃到,这次一吃,味道大不如前。

至于白糖杨梅(口语里叫"白糖杨梅干"),还马马虎虎。明朝吴从先《小窗自纪》一书,其中对杨梅干颇有微词:"奈何以蜜浸火燻,如烹哀家梨乎?"

"烹哀家梨"出自《世说新语·轻诋第二十六》,桓玄和人玩不高兴,就会说你能不能不把哀家梨蒸熟了吃。意思那人犯傻。

哀家梨,传说秣陵哀仲家所种,有升那么大,入口即化。

烹哀家梨或许犯傻,但蜜浸火燻杨梅,却是发明。看来吴从先没有吃到好的杨梅干,我以前是尝过的。鲜杨梅是鲜杨梅风韵,杨梅干是杨梅干味道,一个活色生香的大美人,一个唐伯虎画的仕女,杨梅干是纸上仕女。

支酸有几年没吃到，还有一种苏式蜜饯，原材料与支酸相同，我差不多有二十年没吃到，据说已经在市场上绝迹，它就是梅饼。

小时候不知道梅饼是什么东西做的，吃在嘴里，一嘴的咸鲜味和甘草味。一直以为梅饼的"梅"这么个写法："霉"。直到我写有关沈从文那一本书时，才搞清楚梅饼原材料是青梅，与支酸同胞姐妹。

梅饼是苏式蜜饯中最为便宜的吃局了，一分钱两块。

好像还有比梅饼便宜的，大概就是盐晶枣，日常里我们称之为"老鼠屎"。

童年的经典

我生于 1963 年,应该说还是个不错的年头——我没有饥饿的记忆,三年自然灾害刚刚过去。所以长大后与几个比我年长三四岁的朋友玩,他们就会摆谱:没经过三年自然灾害的人就是幼稚。他们洋洋得意,因为饿过。

我母亲见过一个人活活饿死,一个活人,是怎样饿死的。她一天见到巷口围了一堆人,正想走过去,她胆小,只要见一堆人围着,也不管什么事,就先心跳。邻居小女孩恰巧一转身,看到我母亲,就喊:

"阿姨,阿姨,快来看饿死人!"

看完饿死人——人饿死之际抽搐着,会缩小,像揉皱一张纸。我不知道这是我母亲的说法,还是我的想象——我母亲呕吐。饿死的是一个孩子。我也不知道这呕吐是看到孩子饿死呢,还是妊娠反应。母亲语焉不详——她一直没告诉我是哪一年见到的,只笼统称说为三年自然灾害。如果是1962年，也有可能这呕吐是妊娠反应吧。该怀上我了。一边在死，一边要生。

后来我母亲就把这件事当作经典——常常向我说法。我太挑食了，她就说。后来我有了点正义，有了点同情心，就问道：

"你看着那个孩子饿死，就不想给他一点吃吗？"

母亲回答：

"那时候自己都没吃。"

我紧追不放：

"怎么你没有饿死？"

祖母听见，一巴掌打向我，连声怒斥：

"孽子！"

饿死的是一个孩子，在巷口。我的祖母闭口不谈这件事。巷里的老人们也闭口不谈这件事。他们觉得一个孩子饿死在他们生活了几十年甚至几代的巷口，总不是件光彩事。他们觉得脸上无光，觉得不道德、可耻，觉得自己一世清白，被一个孩子——一个外来的、不知名的孩子饿死在巷口而被玷污。二十几年后，我去走访巷里的老人，有位老人说：

"饿死孩子？这件事不知道。我在这条巷住一辈子，从没听说过。"

我母亲见过一个孩子活活饿死的这件事，像是我童年的经典，六十年代的经典。我与母亲常常会谈起它，经典常读常新，但也有套路。母亲总是先用这个经典来教训我的挑食或者厌食，接下来是我对这个经典追问，最后是母亲力求经典回答。

"你看着那个孩子饿死，就不想给他一点吃吗？"

有一次，母亲回答：

"人在自身难保的时候，怎么可能去救人！"

但那个年代却是一个充满幻想的年代，小巷里的粉墙上，刷着这样的标语：

无产者只有解放全人类才能解放自己

巷口，饿死的一个孩子，缩小，像一张纸揉皱。巷口，巷口照例有一根电线杆。六十年代的电线杆木质的，是一根原木。夜晚，一盏路灯泡出热气，照着冷冷清清的石子路。冬天的电线杆周围偶尔有雪花飞舞；夏夜的电线杆周围常常有蛾子环绕——环绕电线杆顶头的路灯飞舞，灯光一盏苦茶的颜色。灯光也有苦茶的味道。

六十年代的人们，几乎没有夜生活。即使精力充沛的青年，听完广播，也上床睡觉。广播在20：30后结束——地方台转播完中央人民广播电台"新闻联播",就迅速结束。客堂顿时暗淡下来。

但我在六十年代,却有过几次夜生活。那时一有"最高指示",即使深更半夜,单位里也要组织游行。敲锣打鼓呼口号,迎接"最高指示"指示到底——底层。而那时"最高指示"常常是在深更半夜传达。那时的人消息灵通,未卜先知,有一次,正吃着晚饭,姑母单位里的一个人来了,说,今晚要晚点睡,估计有"最高指示"。晚饭后,我洗脚上床,姑母客堂里转来转去,叔叔一边很羡慕地看着,他还没有工作,所以也就轮不上迎接。听完"新闻联播",叔叔也睡了。大概已近22:00,我被姑母摇醒,姑母说,走,我们去吃馄饨。

姑母等"最高指示"等饿了,也等烦了。我们住在市中心,市中心有个广场,也是市里唯一的广场,游行队伍从四面涌来,到广场上集合,宣誓、庆祝、"拥护"、"打倒"一番之后,风流云散。所以姑母既是带我去吃馄饨,也是想去广场看看动静。祖母说都这么晚了,馄饨店早打烊。姑母说:

"今晚等最高指示,馄饨店也要游行,不会打烊的。"

那时候一说馄饨店,大家都知道是市中心那家。因为那时候市里只有这一家馄饨店,饮食行业的龙头老大,所以游行是断断少不了它的。馄饨店里果然灯火通明,我才吃几只,就见店里有些骚动起来,姑母说:

"快吃快吃,'最高指示'要来了。"

这时,一个胖乎乎的人,戴着白帽,穿着白衣,有人喊他主任,他大概是馄饨店主任,站在门口急喊:

"打烊打烊打烊,'最高指示'来了!"

我还没吃完馄饨——一碗馄饨十只,还剩六只呢,或许还剩七只,我记不清——就被姑母攥紧手臂,拖拉着朝广场跑去。

广场上人山人海,高音喇叭,明灯,标语,旗帜。姑母终于找到自己的队伍。一个人走来,给她一面旗,纸做的,纸做的小彩旗。他看看我,也塞一面旗给我。姑母的小彩旗火红,我的小彩旗黄的,或许翠绿。

迎接"最高指示"结束,那一个人又来,发给姑母一块"杏仁酥",那一个人看看我,我以为也要发一块给我,但他掉头走了。

都是如此,夜里迎接"最高指示",结束时都要发点糕饼。姑母深更半夜被"最高指示"指示后,第二天吃早饭我一般能吃到"杏仁酥""袜底酥""枣泥麻饼"。枣泥麻饼属于奢侈性食物,迎接"最高指示"之际恰逢领袖生辰之时,才吃得到。

"袜底酥",仅仅样子像布袜的底,决没有布袜或穿过的布袜味道,你们尽可放心食用,我敢向毛主席保证。

"向毛主席保证",那时的口头语。

小辫子拿过我的玻璃弹子,被他一打,打到阴沟里。

我要他赔，小辫子说：

"向毛主席保证，我明天赔你。"

他见我一脸不相信，就撩起左袖管，用右手在左手臂上砍三下，小辫子说：

"'哒哒哒'骗你，我向马克思恩格斯列宁斯大林毛主席保证，明天赔你一只玻璃弹子。"

马克思恩格斯列宁斯大林在我们所见的画片上所听的广播中，都排在毛主席前面，我们就觉得他们比毛主席还大。在"向毛主席保证"前加上"马克思恩格斯列宁斯大林"，也就是加强保证的信用。而撩起左袖管，用右手在左手臂上砍三下，边砍边说"'哒哒哒'骗你"，也是60年代的时尚，与"向毛主席保证"这一句口头语一样，一直流行到70年代末——在我们成长的岁月，在我们童年的时候，在我们成长的岁月。

看枪毙人，那是我童年的另一个经典——经典故事，留作下回回忆吧。

几个60年代出生的人回忆着60年代，一个朋友说，那时候对他而言，是个节日，他父母双知识分子，家教较严，他一直低声下气，不料时候一到，该他扬眉吐气，他去图书馆烧书，他到老师家抄家，他把右派家养的母鸡抓来，在肛门里塞一只鞭炮，然后点着，"嘭！"

想不到这个动不动引经据典间或说上几句洋文的副教授——坐我对面，曾有这样的童年生活。

人人都有一份——生于60年代的人债台高筑。

60年代，我生活的城市是江苏省苏州市。

60年代，我居住的小巷是调丰巷。

60年代，市中心广场是东方红广场，但市民叫惯察院场。

60年代，市中心广场附近馄饨店招牌是井冈山馄饨店或者延安馄饨店，但市民叫惯绿杨馄饨店。

2001年，我离开江苏省苏州市，已近四年。

2001年，我居住的小巷调丰巷早在七八年前拆掉。

2001年，市中心广场在十几年前已被建成商业区，并恢复旧名察院场。

2001年，察院场附近井冈山馄饨店或者延安馄饨店招牌恢复旧名绿杨馄饨店，也已二十余年。

图书在版编目（CIP）数据

味言道 / 车前子 著 . —北京：北京大学出版社，2016.6
（沙发图书馆）
ISBN 978-7-301-27079-0

Ⅰ . ①味… Ⅱ . ①车… Ⅲ . ①散文集—中国—当代 Ⅳ . ① I267

中国版本图书馆 CIP 数据核字（2016）第 075956 号

书　　名	味言道
著作责任者	车前子 著
责任编辑	王立刚
标准书号	ISBN 978-7-301-27079-0
出版发行	北京大学出版社
地　　址	北京市海淀区成府路 205 号　100871
网　　址	http://www.pup.cn　　新浪微博：@ 北京大学出版社
电子信箱	sofabook@163.com
电　　话	邮购部 62752015　发行部 62750672　编辑部 62755217
印刷者	北京中科印刷有限公司
经销者	新华书店
	880 毫米 ×1230 毫米　A5　9 印张　彩插 8 页　162 千字
	2016 年 6 月第 1 版　2016 年 8 月第 2 次印刷
定　　价	45.00 元

未经许可，不得以任何方式复制或抄袭本书之部分或全部内容。
版权所有，侵权必究
举报电话：010-62752024　电子信箱：fd@pup.pku.edu.cn
图书如有印装质量问题，请与出版部联系，电话：010-62756370